巧合製造師

The Coincidence Makers

Yoav Blum

約夫・布盧姆——著 吳宗璘——譯

上帝不玩骰子。——亞伯特・愛因斯坦

愛因斯坦，不要再告訴上帝要怎麼玩骰子了。——尼爾斯・波耳

摘錄自《巧合簡介》——第一部

注意時間軸線。

當然，這只是假象，時間是一種空間，而不是軸線。

不過，為了我們的目的，那還是注意一下時間軸線吧。

睜大眼睛仔細研究，找出的每一個兼具因果的事件，想辦法確定起點。

當然，你沒有辦法。

所有的當下都有曾經。

這很可能是一大問題——雖然不是最明顯的那一個——但卻是身為巧合製造師會遇到的主要問題。

所以，在研讀理論、實作、公式，以及統計數據之前，在你開始製造巧合之前，讓我們先從最簡單的練習開始。

再次注意時間軸線。

找到正確的那一點，伸出手指頭點下去，直接決定就是了：「這就是起點。」

1

這次，就與之前一樣，時機就是一切。

五小時前，蓋伊面向自己公寓南面牆壁進行第兩百五十次的粉刷工程；現在，他坐在這間小咖啡店裡，以某種刻意精算的姿態，假裝啜飲咖啡。

他的身體離開桌面，微微後傾，散發出某種應該是多年自律所孕育而生的冷靜，手指輕托小咖啡杯，宛若把它當成珍貴的貝殼。他靠著眼角直盯結帳櫃檯後方牆上的大鐘分針在前進。一如往常，在執行前的最後時刻，他感受到總是令他挫敗不已、偶爾會淹沒讀秒滴答聲響的心跳與呼吸。

咖啡店半滿。

他瞄了一下這些人，再次凝視心中的隱形蛛網，這群人之間輕薄透明的連結線。

坐在咖啡店對面那一頭的是一名圓臉少女，她的頭貼住窗玻璃，透過細長耳機線讓擅長青少年愛情的市場鍊金術師製造的音樂盈滿胸臆。閉起的雙眼，放鬆的臉部五官——全都散發出一股寧和氣息。蓋伊不熟這個人，無法判知這是不是她的真實反應。這年輕女孩並非全局的一部分——純粹屬於背景的雜訊之一而已。

年輕女孩的對面那桌是一對侷促不安、可能是第一次或第二次約會的情侶，正在努力探索彼此，透過也許是某種朋友間的閒聊，或是以挑選伴侶為目標的面試，或者，一場俏皮話的低調戰爭，他們以微笑與偶爾的左顧右盼作為掩飾，以免因為過久的眼神接觸而產生親暱的錯覺。其實，這對情侶的周邊到處都是這種倉促建立的關係，他們只是其中一個例子而已。這個世界充滿了這樣的組合，再怎麼努力避免他們在一起，也是徒勞無功。

略靠近後方的角落，有個學生正忙著抹去心頭舊愛的記憶，他的桌上堆滿了佈滿密密麻麻手寫字的資料。他盯著一大杯熱巧克力，佯裝專注學業，其實卻沉浸在白日夢之中。蓋伊知道他的名字、病史、感情過往、各種思慮以及幽微的恐懼。蓋伊把所有資料建檔在某處……為了要估算各種可能性的一切細節，而且依照因果的複雜統計資料，盡力予以妥善安排。

最後，是兩個眼神疲憊的女服務生——也不知道為什麼，依然能夠保持微笑，站得挺直——兩人在緊閉的廚房門附近低聲聊得很起勁。或者，應該說其中一個在講話，另一個則是在聆聽，偶爾點點頭，還會做出那些符合社會既定常規「我在注意聆聽」的各種手勢，不過，蓋伊覺得她心中想的根本不是如此。

他也知道她的過往，反正，他希望自己已經算是研究得很透徹了。

他放下咖啡杯，在腦中計算秒數。

根據收銀台上方的時鐘，現在是下午三點四十三分。

他知道咖啡店裡這些男女的手錶時間略有不同，半分鐘的差異其實無關緊要。

畢竟，人與人之間的差異不只是處所而已，也有各自的時間感。就某種程度來說，他們是在自己製造的個人時間泡泡裡運轉。正如同將軍所言，蓋伊的任務之一，就是要把這些不同的時間感串連在一起。

蓋伊自己沒有手錶，其實他發現自己從來沒用過，他對時間充滿了敏感度，根本不需要手錶。

他一直很喜歡在任務執行前的那一分鐘之中、幾乎是滲透骨髓的那種溫熱快感。那是一種知道自己即將伸出手指、推弄地球或天界的那種滋味，將會讓世事脫離例常熟悉的軌道，短短一秒之後，就會朝截然不同的方向行進。他就像是一個能夠畫出壯麗複雜地景的男人，只是手上並沒有畫筆與顏料——純粹就是以精確角度、輕輕轉動某個巨型萬花筒。

要是我不存在的話——他出現這種念頭也不止一次了——他們一定會想辦法把我製造出來吧，一定得這麼做。

這種時刻每天都會出現數十億次之多，人們彼此互動、制衡，以可能未來的悲劇—喜劇之舞共同搖擺，所有的主角都對於這些動作渾然不覺。而他可以當下立判，看出即將發生的改變，然後予以執行，態度優雅、靜謐、隱然。就算曝光，也不會有任何人懷疑幕後有刻意操弄。儘管如此，他每次動手之前還是會微微顫抖。

「最重要的是，」一開始的時候，將軍曾經提醒他們，「你們是秘密探員。其他人的身分先是探員，其次的重點才是保持隱密；但你們最重要的就是隱密，而就某種程度來說，也是探員。」

蓋伊深吸一口氣，一切即將上演。

坐在他對面的那名青少女稍微挪身，因為播放清單的某首歌曲剛結束、另一首即將開始。她原本貼在窗玻璃的頭晃了一下，睜開雙眼，凝望窗外。

那學生搖搖頭。

依然在打量彼此的那對情侶，尷尬得笑個不停，彷彿這世界上已經沒有其他的笑聲了。

分針已經走到了鐘面的四分之一處。

蓋伊吐氣。

從口袋裡取出皮夾。

將鈔票放在桌上。

那學生開始收拾自己的文件，依然溫吞懶散。

分針走到了鐘面的對半位置。

蓋伊放下僅喝了一半的咖啡，壓在鈔票上面，杯子距離桌緣正好是一點九〇五公分。當時鐘的分針走到四十四分的時候，他起身，向依然在廚房外頭的女服務生招招手，表示「謝謝」與「再見」。

她也對他回揮了一下，朝那一桌走去。

分針剛經過四十五分的時候，蓋伊走向陽光亮燦的街道，消失在咖啡店顧客視野範圍之外。

三，二，一……

❖

坐在角落的帥哥學生準備離開。

雖然那一桌是由茱莉亞負責，但看來現在雪莉必須要出面處理，因為同事正在廚房裡面。她不介意，她喜歡學生，喜歡帥哥小鮮肉，其實，帥哥學生更是雙重福利。

雪莉搖頭。

不！不准再想了！她已經受夠了「可愛」與「迷人」男子，而其他應該要拋諸腦後的形容詞也一樣。

經歷過了一切。你嘗試，高飛，然後墜毀。現在已經學到了教訓，夠了，已經結束，你還在分—手—傷—痛—之中。

另一名年輕人，眼神憂鬱的那一位，在準備離開的時候對她揮了揮手。

她認識他，如果每週見面一次、互不交談，也能稱之為認識的話。他通常都會把咖啡喝到一滴不剩，只留下杯底半泥狀的殘渣，彷彿在等待一個永遠不會來的算命師，而且總是把鈔票小心摺好、壓在咖啡杯底下。他離開了咖啡店，她覺得似乎感應到他的步履有些緊張。她走到他的桌前，刻意提醒自己千萬不要瞄那個學生。

畢竟，她也只是一個普通人。整整一年過去了，顯然，她依然覺得自己需要某種人類的體熱，依然不習慣孤單已經成了全新的夥伴。她必須要成為雪地裡堅強、名符其實的美麗孤狼，或是荒野裡的雌豹什麼的。多年來的浪漫喜劇電影、甜美流行歌曲，還有膚淺的書籍，在她心中築起浪漫幻想的堅固堡壘。

但沒關係。

真的沒關係。

她把手伸出去，有一點恍神，沉浸在自己的思緒之中。

她聽到後頭有輕微聲響，轉頭，是那個戴耳機的女孩，正在自顧自哼歌。

還沒來得及回頭，她已經知道自己出包了。

現在，她已經發覺有一連串事件正在發生，她可以準確預知會出什麼狀況、知道發生的時點，宛若自動鐘一樣準確，但總是慢了千分之一秒。

現在，她的手碰到了杯子，但卻沒有抓住。

現在，也不知道為什麼會這麼靠近桌緣的那個杯子，失去了平衡。

現在，她伸出另外一隻手，想要抓住那個正往下掉的咖啡杯，但來不及。杯子砸落地面，她大叫，尖銳又洩氣的叫喊。

而現在，那個學生——是小鮮肉沒錯，但卻是令人完全提不起興趣的小鮮肉——抬頭望向聲源，手卻揮向錯誤方向，一不小心把熱巧克力潑濺到了那些文件。

現在，布魯諾從廚房出來了。

靠。

❖

「有時候，你得要殘忍一點，」將軍會這麼說，「這種事所在多有，這是必要心態。而我自己，其實非常享受。不過，你並不需要當個小虐待狂才能明白這道理，這原則其實相當簡單。」

蓋伊走在街上，計算足以讓他轉頭、在遠方觀察的步伐數目。那咖啡杯應該已經掉下去了。他打算要看一下，只要一眼就好，確認一切都沒問題，萬無一失。這不是幼稚，而是正常的好奇心。不會有人發現的，他站在街道的另一頭，旁觀是他的權利。

接下來，他就要準備去破壞水管了。

❖

雪莉看到那學生罵髒話，雙臂不斷揮舞，想要搶救那些佈滿密密麻麻手寫字的紙張。

她立刻彎身，撿拾咖啡杯碎片，頭撞到了桌子，又暗罵了一次「靠」。

她小心撿拾大塊碎片，不想要被割傷，鞋面到處都是咖啡留下的細小污痕，宛若遲緩長頸鹿身上的斑紋。

洗衣機能夠洗去咖啡漬嗎？這雙鞋可以洗嗎？

她立刻開始怪天怪地怪別人。這已經是她在咖啡店第三次打破東西了，布魯諾早就把話講得很白，要是發生第三次的話會有什麼下場。

她聽到有人壓低聲音對她說道，「妳真是夠了。」

布魯諾蹲在她旁邊，他已經氣得臉色漲紅。

「抱歉，」她說道，「真的，這……純屬意外，我只是恍神了半秒而已，真的是這樣。」

「第三次了，」布魯諾低聲怒道，他不喜歡在顧客面前大吼大叫。「第一次，我說不要緊，第二次，我就對妳發出警告。」

「布魯諾，抱歉。」

布魯諾狠狠瞪了她一眼。

啊，她犯下大錯。

他不喜歡別人直呼他的名字。通常她並不會犯下這種錯誤，她今天到底是怎麼了？

「就這樣了，」他悄聲撂話，每一個字都刻意講得清清楚楚，「把制服交回來，拿走今天的小費，滾，這裡再也不歡迎妳繼續工作了。」她還來不及開口回應，他已經起身又進入廚房。

❖

現在，蓋伊在狂奔。

他還有好多事得完成。也不是一切都能夠事先準備。有些任務必須要在最後一刻執行，或者，至少要在它們應該發生的時刻予以監控。

他還沒有到達那樣的功力，待到自己讓杯子掉下來的那一刻，然後坐在那裡靜觀接下來發生的一切，他還是必須對接下來的事件稍微加把勁，立刻處理。

❖

大部分的資料，他都得要再影印一次。

其中一名女服務生——不是那個忙著撿碎片、看起來快要哭出來的那一個——趕緊拿著紙巾衝到他面前，幫助他吸乾那些還沒有被飲料完全浸透的資料，兩人默默迅速整理好桌面。「這些妳就扔了吧，」他對她說道，「我之後再複印就是了。」

她滿臉同情，對他噘嘴嘆道，「真倒霉啊。」

「麻煩給我帳單，」他說道，「我得離開了。」

她點點頭，轉身，他聞到了她的一縷香氣，腦海中有個老舊的小型警報器在低聲迴響，她用的香水和雪倫一樣。

他現在完全不想沾惹這種事。

他眨眨眼，把那些未沾濕的紙張塞入包包，這時桌面已經擦得閃閃發亮，女服務生遞給他帳單。

當她靠過來的時候，他根本沒注意到自己為了避免不小心聞到她的香味、居然憋住了氣。

等到她離開之後，他的目光從帳單飄向另一名女服務生，也就是打翻咖啡杯的那一位，她已經換了便服、準備離開咖啡店。

❖

蓋伊坐在公車站，打開了那本小記事本。

他待在某個她應該是看不見他的地方，但為了保險起見，他還是假裝在閱讀筆記。

他翻到自己第一次製造的巧合事件，任務內容是要讓製鞋工廠的某名特定員工丟飯碗。那個人是了不起的作曲家，一直沒有發現自己的音樂天賦。在第一個階段，蓋伊必須想辦法讓他被炒魷魚；到了第二個階段，他得要讓這個人浸淫在音樂環境之中、導引他開始嘗試創作。

對於一個菜鳥巧合製造師來說，這是相當複雜的任務，而且也不像他夢想的其他任務一樣那麼令人興奮。

蓋伊還記得那一次，他非常自以為是，想要從事超出自己計畫能力之外的某些行動。他看著筆記本，想起自己使用的手段包括弄來一隻活蹦亂跳的山羊、流感爆發，甚至搞了一場癱瘓整間工廠的大停電。

當然，他失敗了。他們開除了另一個人，因為他並沒有正確估算出員工們的抵達時間。當時的他只會考量單一個體，而不會將那個人與大環境之間的關聯性納入考量。他並沒有留意他的作曲家社區的週四早晨會固定塞車，而蓋伊誤以為目標會現身的那個時點，待在工廠裡的卻是別人。

他想要執行的全盤計畫足足寫了四頁之多，四頁！他以為他是誰啊？

五個月之後，另一人終於讓那傢伙被開除，而且還想辦法讓意外被蓋伊害到丟工作的那個人回到了這個剛空出來的職位。蓋伊不知道出手的人是誰，但他知道自己的疏失差點讓好幾首音樂創作永遠無法問世。

並非所有錯誤都能以這種方式彌補，難保一定有第二次機會。

他看到那個弄翻咖啡杯的女服務生出現在對面街道，抵達了公車站。

❖

在那一刻，整個世界似乎都隨著她踩踏人行道的規律聲響而運轉，她還注意到手臂碰觸衣服時的細微嗖嗖聲，還有上衣背面標籤貼觸皮膚的感覺。

當她惱怒的時候，她就會開始注意不重要的枝微末節。

她在不久之前才發現這一點。

詭異，她現在心煩的不是自己突然被炒魷魚，而是這股超乎她想像之外的感覺。

難道就這樣嗎？不過是瞬時之間，一切就改變了嗎？生命不應該用這種方式對待你，生命應該要讓你緩緩歷經浪潮起伏，有好有壞。它不該拿石頭丟入你的池塘正中央，擾亂了一池的寧靜，而且臉上還掛著邪笑。為什麼她覺得剛才發生的遭遇就像是一轉過街角的時候、一頭就撞上某個不是很熟的朋友？

先前下過雨，雖然現在整條街道浸沐在明亮溫暖的陽光之中，空氣中還是瀰漫著一股新鮮的氣息。街道邊緣出現一條褐色小河，流向排水溝，任由某輛暴衝的公車從她身邊疾駛而過，再次弄濕了她的鞋子。她錯過了公車，看來今天真是衰到爆。

反正她只能熬過去就是了，又沒有什麼嚴重肢體傷害之類的差錯，明天會好轉的。到了明天再來進行損害評估，仔細檢視自己，對於日子要怎麼過下去以及未來方向再做出理性的決定。

她開始怪自己怎麼有這麼多的內心小劇場。她被炒魷魚了，也沒什麼大不了的。

這絕對不是她會告訴孫兒們或向心理醫生傾吐的那種人生轉捩點體驗，不過就是過得很鳥的一天。她對於這樣的日子也很熟了吧，老早就是好友了，拜託，不要搞得那麼誇張。

她在街頭揚手。下一班公車到來，可能是一小時之後的事了。最好還是叫計程車，好好洗個熱水澡，上床，一覺到天明。明天就看看吧，是不是在哪裡可以找得到工作，該去哪裡張羅下個月的房租，還有到底該用什麼方法洗鞋。

❖

蓋伊很擔心。她看起來似乎不夠沮喪，他本來以為會讓她陷入中重度的沮喪。

其實，沒那麼沮喪可能是好事，如此一來，她對於全新的思維就能保持開放態度。

從另外一方面來看，些許挫折感再加上突如其來的悲傷，很可能會讓她渴望找到倚靠的人。或者，直接促使她決定要遠離人群。

蓋伊心想：我應該要把這個可能性納入考量才是，我真是白痴。我應該要事先仔細估算她的沮喪程度。牽涉到選擇的時候，必須要把失誤的機率降至最低。這是第一課，好吧，其實不算是

第一課了，很可能是第五課左右。

或是第十課，我實在記不得了。

反正，她看起來就是不夠沮喪。

❖

他問道，「怎麼了？」

在人行道的某名路人停下腳步，「什麼？」

「出了什麼事？」他在車內再次問道，「為什麼大家的車子都不動？」

「水管爆裂，」那男人回道，「所以他們封了街。」

「哦，謝謝。」

他會繞路。要是他在這裡右轉，然後再左轉，就會繼續平行前進，然後到達……沒有，那裡沒有入口。也許他應該要右轉兩次，然後再透過那條單行道左轉。或者那不是單行道，而是死巷？雪倫老是笑他，「要是你連這座城市都搞不清楚東西南北，那你到底是怎麼完成軍訓課程的？」

他會告訴她，「真正進入市區之後就不一樣了。」

她會這麼回他，「應該更容易才是。」

「我上課的時候妳又不在身邊，」他會這麼回她，「妳害我完全無法專心。」

她會露出微微側頭的那種微笑，那種簡直犯規的蒙娜麗莎式微笑。

「真的，真的沒騙妳，」他會這麼說，「地圖、街道、圖表、方向指示，我全都混在一起了。現在，我只有兩種地方——有妳相伴、沒有妳相伴。好，我究竟要怎麼開車去電影院啊？妳告訴我吧。」

然後，她會微微傾身，在他耳邊低語，「中校，左轉，然後在街區盡頭右轉，直走到圓環。」所以那些資料都毀了——那又怎樣？他不會讓這件事毀了他的一天……任何一天都不行。

他會回家，把這些臭資料丟到公寓裡最陰暗的角落，下載一齣喜劇——裡面有神經質的英國人，或是講話超快的西班牙女人——然後，他會喝啤酒配花生米，坐著好好享受一切，完全沒有任何的罪惡感。

然後，他會去海邊，這也是可能選項之一。

反正，啤酒是一大主角，要是啤酒沒有出現，對它是一大污辱。有了啤酒，就不會搞砸，這是他的血淚經驗所換得的教訓。

他頭往後一仰，發出歡喜吼聲。每當他開始拖延課業的時候，就會心情大好，生龍活虎。他喜歡這種「心境」——幸福又暢快的心境，面對必須順利度過某些生活關卡時的那些規矩、可以暫且拋諸腦後的那種狀態。

他心想：總有一天我會成為禪學大師，我會讓大家坐在車內吼叫、開心大笑，享受活著的快感。

不過，在此之前，我們也只能靠著行善撐下去了。我們會幫助某位老太太，我們會讓某個搭便車的人上車，我們會買花，在街上隨機送給某位小姐，他又因為狂喜而大吼。

❖

眾人處理事物的反應各有不同。

每個人也有各式各樣的缺點。蓋伊在做研究的時候，發現了那名學生的弱點。

蓋伊認為他那些缺點沒什麼好擔心的，但這學生在城市裡經常搞不清楚方向，卻讓蓋伊很擔心。

所以他安排那名學生在前一天晚上觀賞了某部軍事紀錄片。他喜歡利用改變電視播出時段的方式影響人類思維，這方式簡單多了，而且會產生一種下注的愉快氛圍，而且，他也不敢下更大的賭注。

在那學生看完片子後，蓋伊覺得當那個學生離開咖啡店、自問該開車去哪裡的時候，腦袋中可能會冒出類似「左、右、左」之類的靈感。反正，其他的路段也不會開放。

❖

時間拖太久了，她必須要招輛計程車才行。她懶洋洋再次舉起手臂，開始計算自己在接下來那個禮拜找到新工作的機率。

她的結論是完全沒有機會，然後，有輛小小的藍色汽車停在她身邊，車窗開了。

她心不在焉，與對方聊了一下，講出自己的目的地，進入車內。關上車門後沒多久，她才發現那並不是計程車。看來她不小心搭了便車，而現在坐在她身邊的是那個咖啡店的學生，他很確定她剛才在對他揮手……

他打檔前進，對她微笑，上路。

現在，他們一路前行，就算她想臨陣脫逃，也已經是騎虎難下了。

❖

她很可愛，也很安靜，就他的觀點看來是危險組合。

他暗罵自己，看來你只要遇到誘人女性就會忍不住開始幻想與對方談戀愛。喂，現在好好過你的日子吧。

不過，我說真的，要是我帶著啤酒去海邊……

❖

其實他真的很努力，這一點應該要給他讚揚一下。

她在心中默默計數，長達將近一分鐘之久，然後他終於打破沉默，開了口。

他露出淺笑問道，「希望他沒有對你大吼大叫。」

「沒有，他不是這種人。他生氣的時候，純粹就是強調語氣。」

「強調？」

「一字一句，就像砂礫一樣。」

「那他這次強調的語氣有多嚴厲？」

她聳肩，「他把我開除了。」

他看了她一下，眼神有些擔心。「真的嗎？」

「真的。」她從來沒有用如此嚴厲粗魯的方式說出「真的」這個字詞，也成了這段對話的句點。她心想：喂，希望這樣可以點醒你了。

她就是有這種脾氣，喜歡在小聊的時候兇巴巴。在平淡無奇的問答之中突然插入不得體的詞彙，或是讓大家都陷入尷尬沉默、扭捏不安、心中浮現「好，看來她是—真—的—不想講話」念頭的那種話。

不要和我聊工作的事，不要和我講話，開車，我只是不小心上了車，你給我專心開車就是了。

「我，呃，聽到這種事，真的很遺憾。」

「你的那些文件，我也覺得很遺憾，我看到那些筆記全都被濺濕了。」

這次輪到他聳肩，「沒關係，我只要再影印一次就可以了。」

「嗯。」

「真的沒什麼。」

她自顧自微笑，「我明白了。既然這樣的話，我就不需要遺憾了。」

「哦，對啊。」

「我是丹恩。」

「我是雪莉。」

「我也有個表妹叫雪莉。」

關我什麼事？「真的嗎？哇。」

「對啊。」

❖

蓋伊再次數著自己的呼吸，理論上這應該會比數數字的效果來得好，他很清楚這一點，但現在問題來了，他的呼吸節奏快慢不一。

他從包包裡取出手機，稍等片刻。

又多等了一會兒。

接下來的對話可以稱其為某種「保險策略」吧？不是嗎？

他撥打那個電話號碼。

❖

「我就讓妳在妳家前面的那個街角下車吧？可以嗎？嗯嗯，我覺得我要是繼續開下去的話，就會遇到單行道了。」

她還是笑了一下，「好啊，沒問題。」

「妳家距離海灘很近吧？」

「對，很近。」他算是跨前了一步。

他繼續試探，「常去海邊嗎？」

「偶爾，不是很常去。」他又退了兩步。

「我有時候會去那裡，真的可以釐清思緒。」

「其實，我覺得完全不可能，海濤的聲響總是讓我無法專注。」

「妳需要釐清思緒的時候不需要專注力。」

「隨便你說吧。」

她露出微笑，友善的微笑。正確的說法應該是，微笑基本上都是友善吧？

「今天傍晚我可能會去海邊，要不要和我一起來？」

「好，你聽我說——」

「真的，其實也不是什麼特別的活動，我會帶啤酒，你如果想要吃點心也可以自備，反正就是坐下來閒聊，真的。」

「我覺得看起來不是這樣。」

「當然，我通常會等到彼此之間聊開了之後再看看，我會靠各式各樣的一般話題勾起妳的好感。我不是那種躁進的男人，但只是我們就快到了——」

「我沒興趣。」

「對什麼有興趣？」

「談戀愛。」

「完全沒有？」

「完全沒有。」

「妳是過著類似修女的生活？」

「比較算是罷工吧。」

「為什麼？」

「說來話長。」

「妳處於罷工階段多久了？」

「我覺得沒有討論的必要……那是什麼聲音啊？」

「應該是妳袋子裡的東西。」

「啊，是我的手機，靠！」她伸進去東摸西找，「喂？」

「嗨。」

「哪位？」

「是唐娜嗎？」

她知道自己在不爽挑眉，「不是。」

「喂？」

「不，不，我不是唐娜。」

「唐娜？」

「沒有唐娜這個人，你打錯了。」

「喂？」

她大叫，「打錯了！你打錯了！」

她關了手機，丟入放在車地板的包包。「吼！真是亂七八糟的一天！」

❖

蓋伊把手機放回口袋。

好，現在他也只能回家靜心期盼。

還有粉刷牆壁。

❖

「好，我們到了。」

「太好了，謝謝。」

「所以我就再也不會在那裡看到妳了？」

「不可能，我被炒魷魚了。」

「你也不打算終止自己的罷工狀態？」

「不可能。」

「我很正常，百分百沒問題，已經有一流專家檢查過了。」

「我想也是。」

他露出最後一次微笑，挑高雙眉。「就連千分之一的機會也沒有？就是不肯給我電話號碼？」

他早在許久之前就該放棄了。

「謝謝你，但真的不要。」

撤退。

❖

牆上畫有最近這一次任務的手繪大型圖表，鉅細靡遺。其中一個圈圈是「雪莉」，還有一個圈圈是「丹恩」，兩個圓圈之間還有無數根冒出的線條。

側邊是性格特徵、志向，以及期望的一長串名單。

此外，還有許多圓圈，以藍線（執行）、紅線（風險）、虛線（可能會發生的事件），以及黑線（必須納入考量的因素）互相通聯。每個圈圈裡都有一坨謹慎的小字——「布魯諾」、「茱莉亞」、「水管」、「六十五號公車」，還有其他數十項貌似毫無關聯的元素，比方說「基本訓練與夢想——紀錄片」、「大衛，電纜公司技工」、「莫妮可，大衛的妻子」。左下角則是計算區，茱莉亞的香水瓶裡必須留有多少香水、那條水管一小時會流失多少的水、公車行駛路線會遇到的水塘應該要有多深，以及女孩們喜歡哼唱的歌。

此外，還有空調技師的名單、與鵜鶘有關的聊天話題、至少九家銀行的進入密碼、愛爾蘭啤酒的成分、三個國家的電視頻道節目表、「祝好運」的多國語言、時區、秘魯和羊奶之間可創生的各種關聯性，以不同顏色標示的數百項小字細節，再加上所有主要可能性與次要可能性之間的延伸線條，以及各種可以完成唯一結果的情境脈絡、思路、排列組合。

對，當然，他早就過了那個靠一本筆記本工作的階段了。

❖

「嗨。」

「嗨。」

「丹恩嗎？」

「對。」

「我好像把手機留在你那裡了。」

「對，在我的車地板上面。」

「我以為我放進了自己的包包。」

「其實並非如此。所以妳的確留了電話給我，或者，至少是手機吧。」

「看來的確是這樣。」

二分之一的寂靜、四分之一的僵持不下，還有十分之一的緊張期待。

「嗯，你要不要送過來給我？」

「好，沒問題。」

「太好了。」

「不過我有個更好的提議。」

「哦？」

「我在海邊，歡迎妳過來拿手機。」

「好，沒問題。」

「太好了。」

「我得花十五分鐘才能到那裡。」

「我沒在趕時間。」

「好，再見。」

「還有……雪莉？」

「嗯？」

「我這裡有飲料，所以要是方便的話，麻煩妳帶一點零食過來。」

在盛怒之下丟出手機的精算角度、孤單心防的狹長裂口、在車內迴盪了數分鐘之久的歡喜叫吼——就在這個時刻，一切終於匯聚為一。

「好啊。」

❖

夜晚，海洋，又一對年輕男女正坐著聊天。

一切如常，微笑隱藏在黑暗之下。地板上鋪滿了報紙，那面宏觀世界的牆面又覆上了另一層油漆。

在某個不存在的機場的某個電子告示板上面，加入了新的一行字，「真愛——抵達」。

在「原因」的那一欄，綻亮出「第二級巧合」的字樣。

又一天過去了。

2

蓋伊第二天早晨醒來的時候，空氣中依然還有油漆的微味殘留不去，他為了通風，特地將陽台門開了一整個晚上也沒有發揮作用。

他心中浮現他拍了一下自己肩頭的畫面。睡到自然醒是另外一個好兆頭，開始有專業人士的風範了。

現在的專業程度已經到了圓滿達成任務之後就能一夜好眠；知道自己完成任務之後，不需要在現場逗留過久，也不需要確定當事人的狀況；不需要躺在床上一整晚不闔眼、就為了等到信封從門口底下塞進來的一瞬間。

其實，他也從來沒有成功等到那一刻。

反正，他一定會睡著。有時候只能小寐一會兒，但這也夠了。當他醒來的時候，他一定會發現已經有人過來，在他家公寓門底下塞入某個褐色信封。

他還記得有次躺在床上，因為策劃了一起成功阻止了某名女子背叛愛人的巧合事件，全身充滿了腎上腺素。公寓裡一片漆黑，但他在門口前面的區域留了燈，而且還刻意調整了床的位置，所以當信封送來的時候，他馬上就可以看得到。

他記得當時自己緊盯著時鐘，四點五十九分。他的疲憊眼皮眨了最後一次，睡了一會兒。當他睜開眼睛的時候，是五點零三分了，那個大型褐色信封落在一方亮光之間，對他露出冷笑。

他跳下床，摔腿扭傷了，但還是努力衝到門口，立刻打開大門，迅速四處張望，樓梯空無一人。他專心聆聽，沒發現腳步聲。他當機立斷，也不管大門了，大腿雖然疼痛，但還是搖搖晃晃衝下階梯，兩步併作一步，緊抓欄杆，每一步都讓他痛得想要大叫，但他拚命忍住，他終於到了街上，宛若瘋子一樣左右尋找。

街道一片空荒，初現曙光已經開始催暖冰冷夜氣。

蓋伊站在那裡，微微發抖，原本在睏眠，突然轉為在冰冷清晨痛苦狂奔，讓他昏沉的心理狀態出現了驚嚇反應。輕輕顫晃的那幾下，對他透露出斬釘截鐵的訊息：「說啊，你是不是瘋了？」

他轉身回家。到了樓上的時候，他已經放下了，其實他並不在意是誰把那些信封放在門下。

他很專業，不是嗎？

他不該煩心其他的事。他應該要執行任務，想辦法讓被交付的任務以最乾淨俐落、最自然而然的方式逐步實現，就是這樣。

他在床上緩緩坐了起來，享受接收新任務之前的一點點餘存時刻。

過沒多久之後，他就會拖著沉重步伐，從臥室走到客廳，閱讀剛剛塞入門內信封裡的下一個任務。第一頁會有簡述，他最近常常收到讓戀人在一起的任務，也許這一次會不一樣。

任務內容可能蘊含了改變某人的世界觀，讓家人團聚，讓仇敵握手言和，為某項藝術品、全新觀點，甚或是劃時代的科學新發現埋下啟發的種子——要是他運氣夠好的話，這也是很難說的嘛。第一頁除了這種簡述之外，還有主角的細節、一點基本背景、經常與他互動的人際圈，以及日常作息的一般提醒事項。

然後，他接下來會看到好幾本有關其他配角的小冊子。姓名、地點、影響力、在不同情境以及有意識或無意識狀態之下的決策統計數據。此外，還有一本小冊子，記載巧合任務的詳細資料以及絕對要避開的不當影響。他最近負責撮合一對有望在一起的男女，不過，簡述中也仔細解釋，這名年輕女子在認識這名年輕人之前、絕對不能先認識男方的任何家人，而且在熟悉彼此的過程當中，千萬不能有酒精攪局。

幾個月之前，他收到了一份簡述，特別叮囑他不能利用緊急醫療狀況製造巧合，而這次的任務是要導正某名當事人，讓他對死亡產生全新觀點，這讓狀況變得有點棘手。

簡述的最後那幾頁會載明可以在短期之內執行哪些「大規模」的活動，昨天的水管爆裂就算是這種事。其實，所有的簡述幾乎都需要這一項，因為它是為了讓好幾個複雜巧合（當然，第四級）能同時發生所設計的活動。就算沒有水管助攻，蓋伊應該還是可以完成任務，想要封街其實有上千種方法。

這種大規模活動總是會惹來一點小麻煩。要是簡述內容不是很清楚的話，將很難預測影響的規模。也許要預測出來也是有可能的，但一定得需要十層大樓的牆壁面積才能容納所有圖表。蓋伊還沒有到那個程度，但假以時日，他一定不成問題。

當然，通常還有根本沒人會認真看的棄權書。「我特此聲明，在神智清楚的狀況下決定退出目前這項任務……」巴拉巴拉什麼的。

他進入客廳，信封老早就在那裡等著他了。

他要任性暫時不想理會，直接進入浴室，現在的他依然睡眼惺忪。

他昨晚又夢到了那個夢。每一次都在不同的地方，但情節一模一樣。他站在某座森林、足球場、大型銀行金庫之中，或是柔軟雲團之上的模糊影像……

昨晚的夢境之中，他身處於沙漠裡。連綿不絕的龜裂硬地在他面前鋪展而開，無垠黃褐大地上佈滿了渴水碎線。他的目光四處梭巡，但只看到整面光禿，還有頭頂之上的焦炙陽光。

在夢中，一如往常，他知道她站在他背後，背貼著背。他感受到她的存在，一定就是她了。他想要轉身，不想再盯著那片荒蕪地景，想要正面看著她，面對面。他的身體還是不聽使喚。他發覺一陣微風吹過後頸，他想要呼喚她的名字，就在這時候醒了過來。

這樣的夢境，就像是某個不會看人臉色的惱人朋友一樣，每隔幾天就會到訪，而每一次的情境略有不同，他開始覺得煩心。

什麼時候才能有正常的夢？

趁著在刷牙的時候，油漆的溫和氣味與新任務的興奮刺激感讓自己提神醒腦，他總是喜歡在拆開信封之前先稍微等待。不過才過了一個小時，早晨的待辦事項已經全部處理妥當，蓋伊全神貫注，思緒清明，他坐在沙發上，把他的咖啡杯放在桌面，指尖出現了熟悉的微癢感，然後，他打開了信封。

今天的信封格外輕薄，他也不知道為什麼，後來才發現裡面只有一張紙。只有一個時間地點，還有一句話：「不知道可不可以，嗯，打爆你的頭？」

摘錄自《製造巧合的技術方式》——第一部

研究巧合製造的歷史學家們，普遍認為「無意說出的老生常談」是製造巧合的三大古老方式之一，而且，甚至在傑克·布魯法德正式設計出古典巧合製造法之前就已經發展得相當純熟。「無意說出的老生常談」被視為最低階無腦的技巧，而且也是巧合製造界菜鳥入門的最安全手段之一。所以，諸位已經在課程的第一個月練習過「無意說出的老生常談」。不過，由於它所牽涉到的複雜度，這一點在佛羅倫斯·邦謝特的研究中已經得到了論證，所以通常是由訓練師事先設定該說出什麼老生常談，而受訓學生們的練習重點則是無意說出方式的各種技巧面向，比方說強度、發音、停頓、面對主角的距離空間或是場所。

在接下來的這幾個禮拜當中，我們將會指定各式各樣的老生常談，各位必須要充分練習，在訓練師指定的地點與時間，以狀似無意的方式說出口。

「無意說出的老生常談」有三大固定方式，我們會在課程中逐一練習。一開始是排練，然後會在擁擠場所練習，比方說在診所、電影院、銀行排隊的時候，以及在表演或是忙碌餐廳裡的一大群人之中。學生必須練習在正確時間到達精確位置，進入主角能夠聽到的範圍之內。一般來說，這種「無意說出的老生常談」的目標，是要將主角平常思考模式不會碰觸到的那些格言深植在他們的心中。當然，講出這種老生常談的時候，對象必須是另外一個人，這樣一來，主角就貌似是意外聽到了這些話。

經典的「無意說出的老生常談」。在這種狀況下，使用的都是一般的老生常談，範例包括了：「心想事成」、「真相就在自己心中」、「覆水難收」。我們現在幾乎都是在排練的時候使用經典的「無意說出老生常談」，因為現在幾乎沒有人會因為這種話語而受到影響，研究顯示社會大眾已經對其免疫。

後現代的「無意說出的老生常談」。這種話語通常採用的是激將法。後現代的「無意說出的老生常談」創始者麥可．克拉提爾第一次成功運用的對象是某名參加賽馬比賽的騎師，他當時說出的話是：「這個小廢物，玩完了。」講反話通常會讓還沒有完全絕望的主角產生強烈反應。訓練師在使用後現代的「無意說出的老生常談」之前，必須要負責仔細研究主角的背景。

量身訂製的「無意說出的老生常談」。這是現代最經常使用的「無意說出的老生常談」。巧合製造師必須要針對主角個性進行深入研究，才能找出最可能影響對方的關鍵字詞、事件，以及關聯性。只有上到本課程第二階段、完成人格分析基礎課程的學生才能練習「無意說出的老生常談」。

「無意說出的老生常談」之警戒規則：

一、永遠都必須以雙人組的方式行動，因為通常聽到某人對自己講話，不太可能會相信對方。所以，各位也必須要針對夥伴所說的話予以糾正、鼓勵與接腔。在對話一開始的時候，要壓低聲音說話，一直等到對方抬高音量。單槍匹馬執行「無意說出的老生常談」（比方說，假裝對著手機在講話），必須由合格的巧合製造師擔綱。

二、只能讓主角聽到而已。要是發現有任何經過的人可能會無意聽到，要確定你講出的這些話語不會對他們造成影響。有兩成的「無意說出的老生常談」發生失誤是因為被不該聽到的人聽到。

三、使用後現代的「無意說出的老生常談」的時候——為了要順利傳達訊息，務必要靈活發揮譏諷與挖苦的功能。要確認你的主角能夠了解其間的細微差異，而且必須謹慎使用。

四、追蹤——千萬不能丟下話之後就置之不理！一定要隨時確認自己的話達到了預期效果，而且，如有需要，必須在繼續執行之前修正錯誤。

3

飛機幾乎完美降落，幾分鐘之後就完全停止。

「禁止吸菸」標誌燈號熄滅，乘客們紛紛起身衝向飛機出口，進行一場毫無意義的競賽，回到燈光自動啟動只會出現在冰箱，而非在廁所的那個世界。

北半球最低調精準的殺手坐在自己的座位裡，耐心等待大家下飛機。他一直很有耐心，搭乘這一班航班當然也沒有理由改變。也不知道為什麼，他抑制了部分的興奮。也許「興奮」這樣的字辭太過強烈，我們改說「準備就緒」好了。即將進入某個從來沒有造訪過的地方執行任務，總是一種全新的轉化，他不知道自己腹中的這股詭異激動感——在起飛時成形，而飛行數小時之後仍然不肯消失的一坨堅實小球——是否真的是由於任務前的焦慮？這是一種他已經許久不曾體驗的感覺，或者，其實是因為他擔心自己的行李不知會怎麼樣。

又或者，這其實可能與他所吃的某個東西有關。

他阿姨的肉丸總是讓他覺得不舒服，早從小時候就是這樣了。那個時候的外顯症狀是脹氣，而不是有一小塊頑固的鐵球在腹腔裡漂浮。然而，這名殺手的感受似乎是某種焦慮，他只希望觀看某場電視拳擊賽的時候小睡個半小時，就能夠讓他心神鎮定下來。

其實，就只是胃不舒服罷了。

他下飛機，對空姐微笑，對方也對他露出制式笑容，他站在舷梯上方的時候，駐足眺望了一會兒。正午烈陽高懸空中，好熱的天氣，他恐怕得買副太陽眼鏡。

他走下去的時候，心想自己怎麼會拖了這麼久都沒有戴上太陽眼鏡？畢竟這是他這一行的某種地位象徵。如果是自重的殺手，怎麼可能四處晃蕩的時候不戴著太陽眼鏡？

當他站在接駁巴士裡面，身旁都是剛才那些搶先他一步衝上車的五十多名乘客的時候，不禁在心中自問：我算是自重的殺手嗎？大家一向覺得他與一般殺手有些不太一樣，他就是這種個性——特立獨行，他的運作方式截然不同。也許他不該演得像是什麼自重的殺手，嗯，應該更像是一個自戀的旅行社員工吧？自戀的旅行社員工通常會戴太陽眼鏡嗎？

還有，他經常藏在襪子裡的那把彈簧刀呢？放在那裡並不舒服，因為只要一走路就會讓他心煩分神。如果他開始把自己當成旅行社員工，而不是合約殺手，那麼他是不是終於能夠像個正常人一樣好好睡覺，不需要在枕頭下藏槍？

當職業選擇了你，而不是你選擇了職業的時候，就得面臨這種情境，「正常」，不過就是表面文章而已。

只有少數幾個人知道他的名字。倒不是因為必須保密，主要是因為像他這種職業的人，大家對於他們的名字沒有興趣。

比較能夠被熟記的是綽號。「黑色瘟疫」、「黑寡婦」、「唱歌的屠夫」、「沉默劊子手」——這些都是業內人士會使用的名稱類型，擁有容易被記得的綽號是一大優勢，只有少數人是在真正認識他的前提下講述他這個人，其中大多都是勸服別人要雇用他的說客。這些話的開場重點雖然看起來都像是對高層人士所講的話，但其實他們並非高層人士，但偶爾有些人自認屬於這種位階。

簡述內容是這樣起頭的：「他是個非常，極度有效率的人。」無庸置疑，這是正面的描述。這時候，自認為高階人士的那個人會問下去，比方說：「但他怎麼會有那樣的封號？」想要努力勸服的那個人不直接回答，反而補了這一句：「而且是個極度沉默寡言的人。」

那位高階人士的頭會左右搖晃，暫時放下原本困擾他的問題，想要努力搞清楚「你的人馬」是否能夠勝任「這項任務」。等到對方講出的細節終於讓他滿意之後，他又會再次問道：「但他怎麼會有那樣的封號？」然後，他會聽到這樣的答案：「純粹只是個外號罷了，可能是與他過往的某個任務有關。」

他坐在飯店十五樓的房間床上，映入眼簾的是波光粼粼的海洋。行李在他的右邊，籠子在左邊。

「葛瑞格里，那就是海，好美對吧？」

葛瑞格里沒接腔。

「希望你待在底下那裡不會太難受。」

葛瑞格里很忙，現在沒心情聊天。

「好吧，」他說道，「我給你一點東西。」

葛瑞格里猛力嗅聞，他是真的有點餓了。

他們大可以把他稱之為「北半球最低調的殺手」，但最後鐵定是不了了之。也許是因為這名稱太長，或者大家喜歡特殊、與眾不同的名稱。所以，也不知道為什麼，他最後成了「倉鼠男」。

他哪會在乎，他好愛葛瑞格里。

他把葛瑞格里從籠子裡取出來，細心呵護，他腹中的那一坨球變得越來越小，幾乎消失無蹤。

4

愛蜜莉與艾瑞克坐在平常的老位置，等待蓋伊到來。

她背對窗戶而坐，因為「這樣一來，光線會為我照亮每一個人。」而艾瑞克則是坐在迎門位置，所以他可以監視進入咖啡店的每一個人，就連走過外頭馬路的年輕美眉也一樣。「這純粹是公事，」他會這麼說，「我在演練。」

「演練？」蓋伊要是聽到這句話一定會臉上泛笑，「最好是啦。」

「你不相信我就是你的不對了。」這時候的艾瑞克會往後一靠，拿起手中柳橙汁杯的姿態宛若把它當成了某杯手搖的馬丁尼。「像我們這一行，保護直覺、不斷挖掘秘密與人群之間的無意識互動，以及微小細節影響過程的方式，其實都十分重要。嗯，你懂嘛。」

「對啦，」蓋伊會聳肩以對，「我知道。」

「而且，」艾瑞克會這麼回他，「這世界上有這麼多美好事物，錯過太可惜了。」

當蓋伊坐下來的時候，艾瑞克開口，「我知道你昨天完成一場很成功的巧合。」

蓋伊含糊說道，「應該算是吧。」

愛蜜莉開口，「而且我知道又是與作媒有關。」

蓋伊回他，「差不多就是那樣。」

「有時候你的表現就是太明顯，」她說道，「只要成功完成了作媒任務，你就不會準時出現，我本來以為你成功了這麼多次之後，就能夠讓你稍減興奮之情。」

「這是我最愛的任務類型，」蓋伊說道，「我就是忍不住。」

「你根本是撿便宜，」艾瑞克嚷嚷，「愛情是最容易產生逆轉的任務類型，而且，就統計學的觀點而言，它們也是投資報酬率最高的任務。你這個人的心態根本就是以評分為導向，稍加下點功夫，就可以獲得巨大但脆弱的報酬。」

愛蜜莉問道，「那你說說成果到底是怎麼計算的？」

蓋伊也追問，「而且你是從什麼時候開始把任務以評等進行分類？」

艾瑞克拿著叉子玩弄一大坨糖漿，二十分鐘之前，它的旁邊還有一大疊鬆餅。「事實明明擺在眼前——我又沒在分類。我只是想要用同樣的方法，甚至是相同的著眼點來研究我們所完成的每一次巧合。重要的是行事態度，而不是成果。你需要優雅，需要風格。這有點類似當魔術師——讓大家盯著某個方向，但是卻在其他地方動手腳。」

愛蜜莉說道，「又來了。」

蓋伊也跟著翻白眼，「啊哈。」

「隨便你們怎麼說啦。不過，史上最偉大的巧合製造師都是那些能夠成功營造優雅、流暢巧合的大師。巧合是藝術品，而不是一連串因果的組合，最後造成……」

「所以『過程』比『結果』重要的原因就是在於藝術嘍？」蓋伊問完之後，又面向愛蜜莉。

「他上次是怎麼說的？」

她回他，「我記得他上次講的重點是『多樣性』。」

「哦，對，沒錯。『要是你不希望哪天起床的時候發覺自己痛恨這些工作的話，那麼就應該要避免老是從事一模一樣的任務。』」

「差不多就是那樣。」

「哦，我忘了加他的那些手勢。」

「沒關係，你已經把那種感覺表達得很好了。」

「謝謝。」

「不客氣。」

他們對他露出微笑。

「你們真可悲，」艾瑞克說道，「而且我在你們身上浪費了寶貴精力。我本來可以創造一個美妙的巧合，讓我可以和公車站那個紅色短髮妹在一起。」

蓋伊回他：「對啦，我們就是可悲的人。」

「拜託，我說真的，」艾瑞克說道，「比方說，看看那個保羅什麼的巧合製造師。他在閒暇之餘、花了三年的時間弄了一個藝術計畫，讓〈月之暗面〉那首曲子巧妙契合《綠野仙蹤》電影，厲害，太強了！」

「不過，艾瑞克，沒有人見過你口中的保羅什麼的那個人，」愛蜜莉說道，「這只是他們在課堂裡講述的某個故事，只是為了要讓學生開心而已。」

「哦，拜託一下好嗎，查一下網路，的確真有此事。而且全是由那個保羅什麼的一手佈局，真是天才。」

「早餐來了，」女服務生突然從蓋伊後頭出現，將裝了蛋餅、麵包與奶油、一小坨沙拉的盤子放在他面前，繼續說道，「薄荷檸檬水馬上就送過來。」

蓋伊驚訝抬頭，他總是點相同的東西，但他不知道他們會注意到這件事。

愛蜜莉微笑說道，「你知道嗎，有時候你真的是透明人。」

他點頭，低頭望著自己的盤子。心中突然浮現卡珊卓拉在他面前微笑的畫面，某段記憶湧上心頭。「你？別擔心，你絕對不會阻擋我的視線，我的目光可以穿透你的身體、看到世界的盡頭。」

蓋伊、愛蜜莉，還有艾瑞克，是在「巧合製造師課程」的開學日結識彼此，三年前的事了。在將軍的指揮之下共同工作了十六個月之久，無論是什麼樣的三人組都會變得更緊密，就算他們個性如此南轅北轍也一樣。更何況，全部的課程就只有他們三名學員而已。

在那十六個月當中，他們一起研讀了歷史與架空歷史，仔細審視過去這一百年之中，由巧合製造師們所完成的五百多筆報告，一起窩在某棟建物對面的車內，長達一整夜之久，只為了要確認莫達尼的「開門頻率理論」是否為真，而且，他們還會根據最新一節新聞裡的意外事件進行彼此詰問，討論各種可能的因果模式。在研究如何強化人們採取某項行動，而非其他選擇的機率的過程之中，有某種情誼在發酵，讓身邊最親近的人變得格外有人味的一種連結。

所以，他們自稱為「火繩槍禁衛軍」（後來他們覺得這稱號太蠢，就此絕口不提），喜歡根據今天的新聞進行分析，然後打賭明天會出現什麼新聞。他們偶爾會對彼此下戰書，蓋伊有次與艾瑞克對賭，居然想出辦法讓整層樓的住戶在同一天曬衣服。愛蜜莉苦試了兩個月，終於成功營造出某個奇景，在半個小時之內，公車總站裡停放的是只有號碼能夠被三除盡的公車。蓋伊先前撂話，她至少需要六個月的時間才能夠了解公車抵達總站的模式、這些公車之間錯綜複雜的關係，以及這座城市的其他大眾交通系統，所以她才會搞出這種事。

艾瑞克在不到一個禮拜的時間之內，幾乎可以解決所有別人所下的戰書，而且他也會不斷吹噓自己的每一次成功事蹟。後來他們不再玩挑戰遊戲，讓他擔任「評審」之後，他才終於閉嘴。

課程結束之後，他們還是持續見面，至少每週共進早餐一次。他們講出自己最近正在進行的巧合任務，分享各種小技巧。

蓋伊嘴裡還嚼著蛋餅，詢問愛蜜莉，「所以妳現在手上是什麼案子？」

「我還在想辦法處理我的詩人，」愛蜜莉回道，「這個主角相當難搞，我本以為詩人應該都是痛恨庸俗、渴望精采人生的夢想家，時時刻刻都充滿意義的人。」

蓋伊開口，「你要是知道他們有多麼循規蹈矩，一定會嚇一大跳。比方說當會計師的——」

艾瑞克問道，「那個人現在就是從事這一行吧？」

「對，」愛蜜莉聳肩，「我想要引導他進入某個情境，讓他發現自己必須要寫作，但一直無法成功。他是那種實務派——嗯，懂我的意思吧。他認為我們都是進化機制下的基因機器啊什麼的，完全沒有任何的靈感或是理想。」

「妳有沒有安排絕美風景之類的誘因？」蓋伊問道，「能夠刺激他興奮腺體的事物？」

「這傢伙住在市中心的某個三房公寓，」愛蜜莉嘆氣，「每天早上七點半離家去上班，一個人吃午餐，回家，在住家附近散步一小時，看電視看到晚上十一點，閱讀紀實類書籍入眠。他只有與少數幾個朋友保持聯絡，都是簡單扼要的電郵，或是總長度不超過三分鐘的電話閒聊。他不旅行，沒有嗜好，不會去海邊或看電影什麼的，他甚至每天晚餐都吃一樣的食物。對於這樣的人，我該怎麼樣才能改變他的意識？他過的生活這麼像是機器人，我該如何讓他發現自己的天命？」

艾瑞克說道，「聽起來很難處理。」

「我連他是否能夠想到『天命』這個詞語都很懷疑了，」愛蜜莉一臉哀傷說道，「我每次接到的都是最困難的巧合任務。」

蓋伊問道，「妳還剩下多少時間？」

「一個月。我已經安排了一些憂鬱型美女與他意外相遇，也讓他在樓梯裡意外撿到詩集，甚至還讓某個知名詩人在他住家前面爆胎、找他尋求協助。但完全點不醒這傢伙，彷彿他完全沒有寫詩的慧根一樣。」

艾瑞克說道，「因為他超忙。」

「這話什麼意思？」

「他的腦袋裡還掛念著其他的事，目前正在處理的數字與事項，還有他在家裡觀看的愚蠢電視節目內容。」

「所以呢？」

「所以就讓他失業。」

「什麼？」

「你明明知道我的意思。」

愛蜜莉嗆他，「你明明知道我不喜歡那種手法。」

「妳要執行任務，喜不喜歡不是重點。製造事件害他被炒魷魚，還有，靠著零件故障，讓他一個禮拜沒辦法看電視。要是盯著牆壁一週之後，還是不想拿筆寫詩，那就真的沒機會了。」

「以摧毀別人生活的方式逼使他們前進，這種方式我一直無法接受，」愛蜜莉說道，「我最多就只能做到讓某人錯失牙醫約診。害他丟工作，我狠不下那個心。」

「妳的意思是妳沒那個勇氣，」蓋伊說道，「但艾瑞克說得沒錯，照現在的狀況看來，到了月底的時候，你就必須呈報自己製造巧合失敗，然後你的這位主角會繼續這樣過日子，直到五十年之後才會驚覺虛度了一生。相信我，這比被炒魷魚痛苦多了。」

「可是……」

艾瑞克說道，「最多就是之後再幫他找另一份工作就是了，如果妳的心腸真的這麼好的話。」

蓋伊又補了一句，「而且妳還得有夠多的時間。」

愛蜜莉悶悶不樂，盯著面前還剩一半食物的餐盤。「哦，行事不順真討厭。」

「所以這世界上幾乎所有的事都讓妳很痛苦。」艾瑞克說完之後，目光飄向了街道。

「對了，」他又補充說道，「那讓我聯想到約六個月之前聽說的某起巧合。」

「也是詩人？」

艾瑞克回道，「不，是某名汽車技工。」

蓋伊問他，「你知道我的第一個目標是某個作曲家嗎？」

「嗯，對，對啦，」艾瑞克說道，「我在講話，安靜，拜託專心聽我說，我們現在要討論的不是各種藝術天分好嘛。這男人六十五歲，職業是汽車技工。鰥夫，還有一個女兒。不知道他腦袋到底在想什麼，因為他覺得女兒挑的老公不是好東西，所以決定要與女兒斷絕聯絡。他住在修車廠上頭的小套房，連這地方都是租來的。好，現在要計劃某項巧合任務，讓這種人——在同一個地方工作了三十八年之久，老早就開始天天抱怨這世界對他很不公平，還覺得別人偷走了他的人生、女兒啊什麼的真是可憐，晚上喝酒白天打盹——與女兒重建關係。而且，還要實現這計畫——以下我就原封不動引述任務內容——『必須要靠他自動自發採取行動，而不是以某一巧合所造成的結果，讓他與女兒重逢。』」

「他們怎麼做？」

「如果他們告訴我的屬實的話，那麼，他們當時幾乎窮盡了一切方法，完全照教科書的一切處理。陌生人在他聽得見的範圍內說出足以撩撥他渴望的話語；技工店內的收音機故障，只能播放啜泣母親講述痛失子女揪心故事的哀傷節目；某人開了一輛後車廂載滿童書的車子進來，這些完全都沒有用。」

愛蜜莉問道，「最後他們讓他被炒魷魚？」

「不不不，」艾瑞克回道，「這位巧合製造師走的是老派風格。他的結論是此人無論發生什麼樣的正常變化，都不可能讓他重新審視自己的人生，就連被炒魷魚也一樣。反正他可以再找另一間修車廠，只要能轉移自己的寂寞，甚至乾脆就待在家裡無所事事。」

蓋伊問道，「所以他後來怎麼處理？」

艾瑞克喝了一小口果汁，開口回道，「癌症。」

「癌症！」愛蜜莉驚呼，「他這樣難道不會太超過了嗎？」

「也許吧，」艾瑞克說道，「但事實擺在眼前：這人罹患癌症，接受了將近一年半的治療，歷經了沮喪、憤怒、極度痛苦的各個階段之後，他開始與周邊的人聊天，詢問他們的夢想，他對大家實踐夢想與生活的驅力充滿了濃厚興趣。他開始寫日誌，終於發現自己先前有多麼愚蠢。就在院方即將通知他康復的前一天，他在醫院遇到了一名十七歲志工女孩，她的臉龐讓他想起了自己的女兒，當然，其實那是她的孫女。然後，當他知道自己重獲健康的第二天，他做了兩件事：開車到女兒家，然後向照顧他的護士開口求婚。」

蓋伊驚呼，「哇！」

「真的令人驚嘆，」艾瑞克說道，「但有些狀況卻沒有因而改變。這名巧合製造師因為濫權而遭受懲處，而且這項任務的設定期限是兩年，他們起初甚至判定任務失敗。」

「他開車到他女兒家之後還這樣嗎？」

「任務的狀況雖然改變了，但是無法消除懲處紀錄。而處罰是要他必須安排另一場巧合，讓這個罹癌的混蛋出版他的人生故事。他們覺得如此一來，日後就不需要採行類似手段了，因為處境相仿的主角們可以閱讀這本書，不必歷經那麼慘痛的生活經驗。如果你問我的話，我覺得這是愚蠢假設。」

愛蜜莉與蓋伊同時起身，蓋伊說道，「這故事真精采。」

「對啊，」艾蜜莉說道，「前提是內容為真，而不是瞎編。」

艾瑞克說道，「喂，不要這麼污辱人。」

愛蜜莉開始引述條文，「巧合製造師除非是執行第五等級的某項歷史進程之任務，並且得到五十七號表格之許可，否則不得引發慢性疾病、永久傷害，或是臨床死亡。」

艾瑞克問道，「妳怎麼會記得這些規則啊？」

愛蜜莉回他，「你剛才告訴我們的事反正是絕無可能。」

艾瑞克聳肩，「他的確有可能受罰啊。」

「我剛說了，不可能，」愛蜜莉繼續說道，「你要是說他發生意外什麼的就算了，但讓某人罹癌？要怎麼辦到呢？又有什麼人會做得出這種事？技術上而言，我們沒辦法做這種事，我們不能改變細胞。」

艾瑞克辯解，「也許我有某個小地方弄錯了，或者是稍微誇大了一點。搞不好他只是在檢驗報告動手腳，讓他誤以為自己在某段時間得了癌症，但其實根本沒事。」

蓋伊問道，「誇大？」

艾瑞克回他，「也許吧。」

蓋伊與愛蜜莉看著他，每每遇到這種時候，他們就會露出同一種標準表情。

「怎樣？」艾瑞克反問，然後又補了一句話，「反正我覺得妳得讓他丟飯碗就是了。」

愛蜜莉回道，「我會考慮一下。」

蓋伊在座位裡傾身向前，詢問艾瑞克，「你現在負責的是什麼樣的巧合任務？」

「我有兩個案子，」艾瑞克說道，「其中一個是兩天前收到的，得要想辦法讓某個魯蛇在三週內找到工作，煩死了。我不能利用任何政府機構，也不能安排資遣，而且必須是要逼他天天走出屋外的工作。這就是會害你覺得上頭的人擺明是要找你麻煩的那種任務，也許他們在拿我們當賭博的賭注吧。」

愛蜜莉問道，「第二個案子呢？」

艾瑞克微笑，「我們不是十分鐘前才講過那個紅色短髮女子嗎？」

愛蜜莉與蓋伊同時搖頭，不敢置信。

蓋伊說道，「你瘋了。」

「也許吧，」艾瑞克回他，「但很好玩。」

女服務生回到他們的桌前，給了蓋伊薄荷檸檬水。「抱歉讓你久等。」然後又放了一個小盤子在他們面前，她面向愛蜜莉。「這是妳的布朗尼。」愛蜜莉疑惑地挑眉看著她。

「我沒有點布朗尼。」

「我知道，」女服務生的下巴歪向側邊，「角落的那個人送妳的。」

他們轉身，看到一個略顯靦腆的年輕人。他本來以為只會有一個人盯著他，趕緊害羞點點頭。

「還有這個。」女服務生把某張摺好的小紙條放在餐盤旁邊。

愛蜜莉盯著那張字條。

女服務生加了一句，「他好帥。」

「愛蜜莉，對啊，」艾瑞克點點頭，露出淺笑。「真的很帥。」

「謝謝。」愛蜜莉對女服務生講了這句話之後，怒氣沖沖盯著她的兩名男伴。

「好，」她壓低聲音怒道，「你們到底是哪一個在搞鬼？」

他們不假思索，立刻揚起雙手表示無辜。

蓋伊問道，「妳為什麼覺得是我們？」

艾瑞克也說道，「不實指控有礙身心。」

「你們給我聽好了，」愛蜜莉說道，「我知道你們其中一個人安排了這個巧合，讓那男人送布朗尼給我，我就是知道。」

艾瑞克問她，「有人想要撩妳，相信這種事有這麼難嗎？」

「靠布朗尼撩妹？」

蓋伊反問，「有何不可？很好吃不是嗎？」

愛蜜莉拿起盤子起身，「好，我來處理。」

艾瑞克說道，「拜託，給他一個機會吧。」

愛蜜莉沒回答，迅速離開。

蓋伊問道，「是你搞的嗎？」

「不是。是你嗎？」

「沒有。」

他們沉默了好一會兒，艾瑞克嘆道，「好吧，很可惜，那男人看起來不錯。」

「是啊。」

「我記的數字沒錯吧？自從我們完成受訓之後，這已經是她拒絕的第十個男人了。」

蓋伊回他，「這還只是我們知道的數字而已。」

「好，也許是她愛上了誰吧？」

蓋伊盯著自己的盤子，「閉嘴。」

「我只是想要說——」

「我知道你要說什麼，反正閉嘴就是了。」

愛蜜莉回來入座的時候，艾瑞克臉上依然掛著淺笑。「好，」她詢問蓋伊，「你的下一個任務是什麼？」

過了幾分鐘之後，她開口回應，「這是我見過最離奇的事了。」

蓋伊早上收到那個信封裡的紙張，在他們手中傳來傳去。

「『不知道可不可以，嗯，打爆你的頭？』」艾瑞克說道，「這絕對是前所未見的任務內容。」

蓋伊說道，「我不明白那到底是什麼意思。」

愛蜜莉問道，「你確定這放在信封裡嗎？嗯，標準信封？我們平常的那一種？」

「是啊。」

艾瑞克揮舞雙手強調語氣，「不知道可不可以，嗯，打爆你的頭？」

「好，任務內容是什麼？限制又是什麼？」蓋伊問道，「我們是什麼時候開始會收到謎題式任務？」

「不知道可不可以，嗯，打爆你的頭？」艾瑞克不斷玩味，「不對，這樣聽起來還是不對勁。」

蓋伊說道，「我覺得一定是哪裡搞錯了。」

愛蜜莉回他，「我真心認為他們不會犯下這種錯誤。」

艾瑞克說道，「DYM PIIKYITH。」

蓋伊問道，「什麼？」

「每一個字的第一個字母的總和，」艾瑞克回他，「你聽了之後應該也是無感吧？」

「對。」

艾瑞克把那張紙還給他，聳肩。「你收到了小謎題，好好享受嘍。」

「我現在該怎麼辦？」

艾瑞克說道，「我覺得你應該要在指定時間前往指定地點。」

「然後呢？」

「想一想自己是否會介意。」

「介意什麼？」

「有人打爆你的頭。」

5

艾瑞克東張西望，等待計程車。

「真諷刺，」他說道，「這麼多年來，我曾經在需要的時候安排了至少十五輛計程車準時到場，但我自己要搭車的時候，等了半小時卻不見半輛。就算有，裡面也坐了人。」

蓋伊哈哈大笑，「鞋匠的兒子總是打赤腳。」

「我不是鞋匠的兒子，」艾瑞克說道，「而且我最近決定了，再也無法容忍這種諷刺場景。」

三秒鐘過後，某輛計程車停在他們旁邊。

愛蜜莉雙眼睜得好大，「你怎麼辦到的？」

「我剛才不是有說嗎？」艾瑞克微笑，「果然實現了吧？」

「你早就安排計程車現在到達這裡，所以可以正好對應你的台詞：『再也無法容忍這種諷刺場景』？」蓋伊問道，「難道你沒有其他事好做嗎？」

艾瑞克上了計程車，對他們揮揮手。「分離是如此甜蜜的傷悲。」

蓋伊微笑說道，「隨便你怎麼說吧。」然後，計程車離開現場。

愛蜜莉問他，「你還記得我們的賭注吧？」

蓋伊回她，「唔，有可能忘了。」

愛蜜莉嘆氣，「我得重複幾次啊？」

「我們已經是忙碌的巧合製造師了，」蓋伊假裝一臉嚴肅，「沒有時間搞無聊的事。」

「別想裝蒜。我們早就說好了——只要你準備好了，給你至少十五分鐘的時間，你必須要安排十個名叫愛蜜莉的女孩待在公園裡，而我必須找來十個叫蓋伊的男童進入同一地點。」

「好啦好啦。」

「喂，你不當一回事也不成問題，你也知道賭注是一頓晚餐。」

「我可以帶男生來嗎？」

「叫艾蜜莉？」

「或是艾密爾。」

「如果是這樣的話，那我也可以帶蓋亞。」

他點點頭，微笑。「那就這樣說定了。」

她回笑，眼中露出熟悉的光芒。

「公園」，當然，從他們的觀點看來，公園是一切之始。

巧合製造師第一天的課程就是從公園裡的淡紅色長椅開始。蓋伊是第二個到的，愛蜜莉早就在那裡了，他慢慢走過去，態度有些遲疑，最後，站在那名黑色短髮的年輕女子面前。

「呃，這是……？」

「對，我覺得是這樣。」

她有一雙深藍色大眼，純白大理石膚色的小臉。她露出羞怯微笑，「我是愛蜜莉。」

「我是蓋伊。」說完之後，他就坐在她旁邊，過了一會兒之後，他才驚覺應該要先詢問一下對方自己是否可以坐下比較有禮貌，但她似乎不在意。

他們面前的小孩在草地上踢足球，遠處有好幾個媽媽與保姆和小小孩坐在一起，似乎千方百計想要阻止小朋友吃草或是把玩令他們格外好奇的狗大便，但即使她們忙得手忙腳亂，卻就是不願結束手機通話。

愛蜜莉手裡拿著一小袋麵包屑，撒落在前方的地面，好些幸運的鳥兒立刻聚集過來，以熟練的城市求生技法在步道上啄食。

蓋伊想要打破僵局，「至少我們兩個都知道就是這張長椅。」

「嗯。」愛蜜莉又撒了一次麵包屑。

「所以妳是從哪來的？」

愛蜜莉挺直身體，看著他。「什麼意思？」

他繼續問，「妳先前是擔任什麼職位？」

她端詳他許久，「你先說，」她問道，「你呢？」

「我先前是IF。」

「嗯，兩個英文字的首字字母。很好，那是什麼意思？」

「幻想的朋友。我以前主要擔任小孩的幻想朋友，非常有趣的工作。」

「我想也是。」

「嗯。」

「所以你覺得自己這次算是升職嗎？」愛蜜莉問道，「這個位置是不是比較好？」

「對。我已經習慣了一次只會在某個小孩的面前現身。以無間斷的方式存在，對我來說是很有意思的挑戰，我很開心。」

「你有申請轉職嗎？還是單純就接下了工作？」

「老實說，就是單純接下工作而已，我不知道可以要求提出轉職。」

「這種要求應該也很合理吧？是不是？」

「也許吧，我不是很熟那些……」

「嗯。」

愛蜜莉心不在焉，又開始亂撒麵包屑。

他們後頭傳來某人的聲音，「這是不是『巧合製造師課程』的長椅？」

他們兩個同時轉頭。

「你不該就這麼說出來，」蓋伊說道，「萬一是另外兩個人坐在這裡呢？」

他們背後的那個瘦巴巴紅髮男露出忍俊不禁的表情，「那麼他們一定會覺得我有點瘋了，告訴我『不是』，」他繼續說道，「你該不會覺得真有人會以為有這種課程吧？」

蓋伊想要辯駁，「根據規則——」

「抱歉，我可沒聽過有什麼禁止發問的規則。」

「沒錯……可是——」

「太好了。」他立刻走過去，坐在兩人之間，還伸出雙臂摟住他們。

「幸會，」他說道，「我是艾瑞克，充滿各種才情的男人。」

愛蜜莉挑眉微笑，「幸會。」

「我喜歡妳的頭髮，笑容也很燦爛。」艾瑞克說完之後，轉向蓋伊。「你不笑一下嗎？」

「不只微笑，我還可以向你握手致意，」蓋伊伸手，「你是從哪裡來的？」

艾瑞克與他握手，「你要是把這問題講清楚一點，也許我就可以回答了。」

愛蜜莉說道，「他的意思是，你在參加這堂課之前是擔任什麼職務？」

「我是發動者，」艾瑞克說道，「很棒的工作。但歷經了幾十年、或是數百年之後總是會累的，時間長短要看狀況而定。」

愛蜜莉問道，「什麼是發動者？」艾瑞克還來不及回答，臉龐已經被站在他們面前的某人身軀陰影所遮蓋，此人一到來，鳥兒立刻被嚇得四散飛離。

對方說道，「七十五級學員，早安。」

蓋伊先開口，「早安。」

然後是愛蜜莉，「早安。」

艾瑞克回道，「同上。」

站在他們前面的是個留著一頭灰色短髮、綠色眼眸的中年人。

他穿著白色緊身純棉T恤，他們三個都看得出來這是一個注重維持身材的男子，而他的身體也沒辜負他的努力。

「現在，」那男子說，「起來跟著我，開始專心聽課。」

三人乖乖照做，起身，跟在他背後前進。

他步履緩慢，抬高頭，雙手反剪在後。

「好，聽我說。名字其實真的不重要，但你們可以喊我『將軍』。其實，你們就只能叫我『將軍』，最好只知道這個名稱就好，而我也只會聽到你們喊我『將軍』的時候才會回應。要是你們在猜測我的真實姓名，請盡量不要這麼做，因為過沒多久之後我就會在你們的腦袋裡塞一大堆資料，就連你們自己恐怕也會卡機，就像是陷在蜂蜜裡的螳螂在拚命禱告一樣。目前明白嗎？」

艾瑞克回道，「明白。」

「你們呢？」將軍扭頭向後，目光飄向蓋伊與愛蜜莉。

他們迅速應答，「明白，明白。」

「當我問『明不明白』的時候，」將軍說道，「我的三個蠢蛋學員應當立即跳過『時機』這種複雜的心靈障礙，異口同聲，一起答覆我。」

他停下腳步，別有興味地盯著某棵樹的樹頂說，「明白嗎？」

三人同時回道，「明白。」

他一邊說話，一邊繼續往前走。「這樣好多了，我很欣慰。你們都很有天分，甚至還讓我有點感動，哦，害我掉淚了。」

「在接下來的十六個月當中，我會教導你們如何製造巧合。你們以為自己其實已經很了解它的含義，或者我們為什麼要這麼做，但你們可能大錯特錯。」

「首先，你們是秘密探員。不過，其他人的身分最重要的是探員，其次才是秘密，但你們最重要的是秘密，就某種程度來說，也算是探員。你們是恆常持續的存在體，就像是所有的人類一樣。你們吃吃喝喝，有時候會放屁，偶爾還會感染病毒，不過，在這堂課學到的各種工具，可以協助你們明瞭這個世界的因果關係是如何運作，也可以讓你們將這種知識發揮得淋漓盡致，創造出幾乎無法察覺到的微小事件，能夠幫助人們做出扭轉人生的決定。明白嗎？」

「明白。」

「許多人認為製造巧合就是決定命運——藉由一連串事件的力量，將他們導引到全新境地。這是幼稚的觀點，缺乏遠見，而且充滿了傲慢。」

「我們的角色就是處於邊界、站在命運與自由意志的灰色地帶，然後不斷來回游移。我們創造出能夠營造更多情境的那種情境，最後可以創生各種思考與決定。我們的目標是要點燃命運邊界的某個火花，所以站在自由意志界線的某人會看到星火，下定決心要有所行動。我們不會燃火，不會越界，絕對不會覺得自己扮演的是命令別人該何去何從的角色。我們是各種可能的創造者、是線索的提示者、使暗號的眨眼者，以及各種抉擇的發現者。歡迎你們在之後的空閒時間自行思索，但千萬不要弄錯了——無論你們以前擔任什麼角色，現在都只是晉升一階而已。由於我們還有許多真實世界的後台工作者——幻想的朋友、夢境編織者、好運散播者等等——不過，等到你們結業之後所擔綱的新角色就會接觸到核心。」

「這個世界充滿了巧合。絕大多數就真的是純屬巧合——某件事發生的時候，另一件事湊巧也同時發生，在適當時間點所提供的情境中，所出現的美好例常事件。這種情境讓這些事件別具意義，而這些意義也讓它們顯得很重要。雖然要是全屋子的人都穿同樣的襯衫很不錯，但也不需要搞成這樣。很可能就是某人說了什麼話的同時，正好有人看到了什麼，而這樣的結合醞釀出新的思維，如此而已。不是什麼超級戲劇化的場景，不會有人注意到這些常例。原理很簡單。有時發生的事會讓人們覺得是有人在努力傳達訊息；有時發生的事純粹就是只會讓人開始思索、但並不覺得這是有某人想要刺激他們付諸行動；有時發生的事會迫使人們以全新角度看待現實，反轉這種被稱之為『人生』的羅夏克墨跡測驗，讓他們看待的角度略有不同。這三種例子都是由我們負責。我們不會決定他們的命運，我們是社會大眾所雇用的幫手——要是你們願意的話，甚至可自稱是他們的奴隸。你們都會擁有近乎規律的私人生活，但跟別人不一樣的是，你們可以觀察生活的其他層次。」

「製造巧合是一門精細繁複的藝術，充滿了需要同時操控各項事件，評估狀況與反應能力的各種細節，而且還需要不犯蠢的基本功夫，有時候這一點很困難。你們需要運用數學、物理、心理學……我會告訴你們統計學、關聯性與無意識狀態、人類日常生活之外的另一個層次，某種他們渾然不覺的層次。我想要在你們的腦袋裡塞入各種人格分析與行為理論，要求你們到達一定的準確度，屆時你們的表現會遠遠超過任何一個量子物理學家、神經質的化學家，或是執著秤量蛋黃重量的新手西點師傅。我會逼你們熬夜，直到你們理解哪些原因造成特定鳥種站在特定樹梢，而其他鳥種則站在電線之後才善罷甘休。我會強迫你們背下因果關係圖表，最後連一生摯愛的姓名都忘得一乾二淨，前提是你們真的曾經有過愛人或是自己的人生。我會向你們解釋某些事理，一開始的時候會讓你們頻頻回頭，想要確定是否有人趁你們不注意的時候牽引你們的人生，但到了最後，就能讓你們睡得比以往都更加安穩。我會改變你們，除了你們的臉與器官構造之外，會重組你們的一切，我會教導你如何改變人類，但他們根本不會想到居然幕後可能會有主使者。」

他停下腳步，轉身面對他們，綠色眼眸綻露些許笑意——但也就只有那麼一點而已。

「有沒有問題？」

「嗯，有一點，」蓋伊開口，「關於課程——」

「這只是基於禮貌問一下而已，你們應該要回覆我『沒問題』之後再發問。機靈一點，好嗎。」

「既然……這樣的話，」蓋伊說道，「沒問題。」

「很好，」將軍回他，「現在都給我轉過去。」

他們乖乖照辦，現在已經到達了步道的最高點，公園幾乎一覽無遺。在他們的下方，綠色草坪的正中央，有人在樹間掛了一個巨大的牌子，上面寫著「七十五級學員，祝大家好運」。「好，注意一下那裡，」將軍說道，「今天正好有一群完成基本訓練的士兵要開趴，真巧，你們說是不是？」

後方的陽光將四人的長影投射在小丘上，每個人都忍住了笑，但每個人的理由卻稍有不同。

6

蓋伊目送愛蜜莉離開，他覺得她還是那麼嬌小柔弱，就像是開課第一天時的情景一樣。不過，要是這堂課程曾經給了他什麼提點，那麼就是我們不能、絕對不可以以一句話定義一個人。人太複雜了，要是看待自己製造的巧合事件裡的那名主角落入一堆形容詞的陷阱，將會是認知扭曲的第一步。字詞一直是定義的小陷阱，而形容詞特別危險，它們就像是沼澤一樣。他本來以為只有一個詞彙適合愛蜜莉，就是『脆弱』，但後來他總算有了一些進步。

他發覺她一直有某種詭異的特質，如果他允許自己作出定義的話，可說是有點神秘。

蓋伊總是會講起自己先前的職務，而艾瑞克對於他的前生也毫無隱瞞，只不過有時候會編出從來不曾發生的故事。可是愛蜜莉……每一次當他想要知道她來上課前到底是什麼身分時，也不知道為什麼，愛蜜莉一直在閃避。

「這是秘密。」在他的追問之下，她給出這樣的答案。

「是夢境編織者嗎？」他努力追根究柢，「我曾在他們的心理部門聽說過，他們得簽下超嚴格的保密條款。」

「蓋伊……」她扭捏不安。

「拜託，我絕對不會告訴任何人。」

「我沒辦法。」

或者，有次她從將軍的房間走出來，她眼眶泛紅，雙手拿了一個白色小信封。

「怎麼了？」艾瑞克問她，「妳拿到了什麼？是任務之類的嗎？」

「沒什麼。」

蓋伊問道，「都還好嗎？」

「一切都很好。」她講完之後就立刻走人。

「依我看來，她現在進入了分派運氣的特殊單位，」艾瑞克曾經對蓋伊這麼說過，「他們的工作比我們更隱密，會處理危險物品，所以在處理的時候會穿上特殊防護裝備，以免好運或壞運波及到他們身上，他們甚至必須否認有這個單位存在。」

蓋伊回他，「我從來沒聽說過這件事，我也不覺得會有這種單位。」

艾瑞克說道，「可見他們守密得有多麼成功。」

「艾瑞克，你得了妄想症。」

「吼，少來了。」

所以他就只能繼續這樣玩下去。他與愛蜜莉是好友，有一個小小的話題絕對不能提起，其實，每對好友都有這種禁忌不是嗎？不過，他一直很清楚，愛蜜莉的複雜程度，絕對超越了表面的溫善，「脆弱」——就是這種假象。

他轉身，開始往前走。也許他該回家，放點好聽的音樂，坐在陽台，釐清早上那個信封的內容到底是要向他透露什麼。

而也許……也許什麼都不想反而更好，只要放空一天釐清思緒就是了。看本好書，在下午參加一場舒心的爵士樂演出（如果真有這種表演的話），在某間有美麗景觀的小店吃可頌配咖啡。他心想，這就是無間斷存在的好處，還有機會可以從事與工作完全無關的事。

他好愛這一點。

他還沒有成為巧合製造師之前——沒有辦法過著這種無間斷的生活，也沒有這具軀殼，更沒有體驗當下時移事變的能力——當時他是「幻想的朋友」，他壓根沒想到能有這種情境。

在那個時候，他只是人類心中的某個角色而已。對於他們來說，他是貨真價實的人物，有自己的個性，還有行為態度的各種細膩之處，至於幽默感或高或低，則是任君選擇。

這是截然不同的體驗。

他曾經列出一份清單，在過去這些年當中，他曾經擔任過兩百五十六人的幻想朋友，而其中有兩百五十人是年齡低於十二歲的小孩。另外五個是不同程度的心智能力衰退者或是高齡人士，寂寞難耐，別無他法，只能幻想有人陪伴，就會注意到他的存在。還有一個男人雙眼了無生氣，他已經被關在單人牢房多年，最後殘存的理智也被迫繳械，只能靠著幻想出蓋伊這樣的角色，讓他自己恢復理智，當他解脫的那一刻，立刻就忘了蓋伊。

對，這就是他先前的工作。他擔任各式各樣的角色，或者，至少他呈現出自己不同的面向。當你成為某個寂寞或悲傷小孩的幻想朋友時，就不能任由自己陷入低潮或是顯露沮喪，即便自己過得不太好也一樣。你必須以自己的人格做鏟，在寒土的深處挖到水源，雖然自己口渴，但還是要優先服務別人。

當你成為某人的幻想朋友，必須要遵從好幾條鐵律。

第一條規則就是，你只能為那個人存在。煩人的演講、再教育的練習、道德教誨——這一切都是為了將來預做準備，當你如果真有機會成為人的那一天。而當你成為幻想朋友的時候，你就只能為你的小男孩或小女孩待命，而且必須帶引他們到達一個更美好的境地，是他們想望、而不是你想望的地方，但這並不容易。蓋伊好多次都想要抓住那個小朋友，然後開始大吼：「不！不是那邊！」或是「說出來就是了！」，不然就是「不可以再這樣下去！」——但是他卻只能深呼吸，提醒自己，小孩才是船長，而他只是一艘船。

第二條規則，就是不能被另一名主角看到同樣的外顯樣貌。在這些年當中，蓋伊曾經轉換過無數的角色與面孔，更不要說名字了。有時候，他為了符合規則，只是做了一點細微改變。他個子高眺，外型冷峻，不然就是個頭矮小，桀驁不遜；他會扮演可愛泰迪熊與英姿煥發的玩具士兵，也會以明星、卡通人物，以及著名洋娃娃的外表示人。他是農夫、魔術師、機師、小船船長、歌手、足球員。他的聲線有時可愛，有時聲如洪鐘充滿權威，有時笑語盈盈，有時也會在睡覺前壓低音量。

第三條規則，要是哪天你不想當幻想朋友了，絕對不能向你的主人翁披露事實。這個道理淺顯易懂：要是這小孩在真實生活之中，遇到了先前只存在於他幻想世界裡的那個人，跑到他的面前，講出除了他自己之外沒有人知道的秘密，而且對於隱藏在他內心深處的那些地方還十分熟悉——很可能會讓全世界待在幻想世界城牆之內的那些小孩心生懷疑。你不想玩了，轉身走人就是，從此劃下句點。

蓋伊不是非常同意這個規定，有時候他甚至在想，要是真的如此的話會怎麼樣。畢竟，人們會長大，改變，明白一切。但沒有例外，他們制定的第三條規則講得十分清楚。

曾經把蓋伊當成幻想朋友的那些人，他幾乎都記得。

他還記得那個十歲的女孩，殷切期盼有人願意看著她、稱讚她長得好漂亮。她右半邊的臉因為一大片燙疤而變得赭紅皺縮，每當她看著鏡子的時候，她就需要他出馬——他扮演的是某個好萊塢知名男星——站在她背後低語：「妳真的很美，我比別人的眼光銳利，總有一天，別人也看得出來。」在長達四年的時間當中，只要她看著鏡子，他就會悄悄溜到她的肩後，以宛若微塵的簡單字句安慰她。直到有一天，她與某個男同學坐在教室裡一起寫功課的時候，她呼喚蓋伊現身。她與同學坐在同一張桌子前面，爭辯作業裡的問題。蓋伊站在後頭的靠牆位置，靜觀一切。在某個時候，他聽到女孩心跳變快，而且還偷瞄了他一眼。他對她冷靜一笑，那女孩玩弄手中的鉛筆，態度隨性，詢問坐在旁邊的那個男孩，和她一起做功課會不會覺得不舒服？「不會啊，」他驚訝回道，「當然不會。」她繼續追問，「我長這樣不會讓你覺得討厭嗎？我覺得你一定認為我很醜，超醜。」他看著她，想了一會兒，然後輕聲說道，「妳？妳才不醜！其實很可愛，我喜歡和妳在一起。」她低聲問道，「真的嗎？」男孩害羞，一直迴避她的目光。「嗯……真的。」女孩又偷偷看了蓋伊一眼，他發現自己逐漸消失不見，再也沒有回到她的生活之中。

他也記得那個癱在輪椅裡的金髮小孩，總是把蓋伊想像成穿超人裝的模樣。「我想要飛，」那孩子告訴他，「教我。」他還記得那些把他帶到他們的樹屋的小孩，想像他是個挾持某位公主的海盜，他們必須要出手救人，還有那些把他幻化成他們最喜歡的卡通人物，逼他說出他們聽了數百次之多的含糊台詞。要是他每次扮演會講話的兔子或是愛挖苦人的花朵都能拿到一個銅板，他早就成了大富翁……

還有，那些讓他猜不透小腦袋瓜裡到底在想些什麼的小孩。那些長大之後成了天才，或純粹就是行徑怪異的小孩。有些孩子把他當成畫筆，為周遭現實添加某層色彩，一層接著一層，畫上超越生活的某種可能性。

還有把他想像成聲音的那些小孩，讓他在空中旋轉、增強、重組，然後命令他開始歌唱。還有半夜躺在床上，把他當成飄浮在上方的抽象數字與複雜的幾何形狀並且交纏旋繞的那些小孩，害他出現前所未有的頭痛，但為了他們的數學和諧度，他也只能默默承受痛苦。

不過，最主要的都還是單純找尋玩伴的小孩。本來就孤僻成性或是被迫孤單一人的孩子，很快就會找上他。

他還記得那個瘦弱的女孩，把他想像成王子，還在旁邊為他放了匹同樣是想像出來的白馬，但牠的氣息比較像是洗髮精，而不是真正的馬。她發出祈願，「對我講情話，就像是那些大人一樣。」她的意念好強烈，連他都聽到了她內心的呼聲。有許多女孩想要聽到「情話」或是親自體驗童話，他一開始就是完全的即興演出，當時的他還在摸索與情愛相關的一切。他必須事先準備相關文句，但他其實並不是很明瞭浪漫這個複雜時鐘裡的齒輪裝置，等到他遇見卡珊卓拉之後，一切變得超容易……

對，他也記得卡珊卓拉，她絕對不是小孩。

擔任幻想朋友，是他生命中的一段美好時光。有時候令人心碎，偶爾無聊，而且某些客戶會讓你抓狂。但這還是很棒，能夠當一個巧合製造師也很棒，手裡拿著咖啡杯與可頌，坐在某棵迎風搖曳的樹木對面，能夠擁有過去、未來，還有現在，何其美妙。

製造巧合與增進因果關係研究方法的古典理論

期末考

考試時間：兩個小時的課堂測驗加上一個禮拜的實驗課

說明：回答以下問題。必須要在試卷裡寫下方法。如果問題牽涉到公式運用或是包括了B級以上的證明，就算是選擇題也同樣要寫下方法。

第一部分：選擇題

回答所有問題

1

根據「金斯基定理」，如果需要更換電燈泡的話，需要多少位巧合製造師？

A 一個。

B 一個負責鎖螺絲，還有三個必須處理電力公司的配線。

C 一個，還有兩個必須安排這一個人到達現場。

D 「金斯基定理」並沒有提供這個問題的解答。

2

根據法博里克與寇恩的方法論所建立的「猶豫不定感雲團」，因果鏈的起始關鍵因素是什麼？在試卷裡加上解釋圖表並詳細解釋證明。

A 第一時間形成了猶豫不定感。

B 主角決定運用思考之際形成了猶豫不定感。

C 主角決定運用感情之際形成了猶豫不定感。

D 根據寇恩的決定論模型，只要有欲望或是期待，就不會出現猶豫不定感。

3

根據古典運算法，一萬人團體中的兩名男子愛上同一名女子的機率是？

A 少於10％。

B 介於10％與25％之間。

C 介於25％與50％之間。

D 高於50％，但他們很快就能坦然以對。

第二部分：開放式問題

1 兩列火車在同一時間離開兩座城市，行駛於平行軌道、準備前往對車的起點。根據法博里克與寇恩的方法論的性格分布，我們知道每座城市至少有25%的未婚男女，計算這兩列火車交錯的時候，某兩人相遇並對彼此怦然心動的機率。

2 根據渥夫齊格與伊賓・塔瑞克的擴張公式，試證要如何藉由一定程度的社交親近度，幸福將成為某種傳染性疾病，並計算其所需的社交親近度。

3 解釋達爾威爾的想像力存在論的證據，要是能夠進一步解釋證明達爾威爾存在的想像力理論，將予以加分。

4 挑選下列的某一情境，闡釋逐一呈現的各種可能順序將如何影響抉擇：

A 男店員在男裝店裡向顧客建議西裝款式。

B 女店員在女裝店裡向顧客建議洋裝款式。

C 侍者在餐廳裡供應各種酒品。

D　在投票間的選票安排順序。

第三部分：實作練習

在下列兩個巧合情境挑選其一並執行：

1　想辦法讓三名童年玩伴同時搭乘飛機、計程車，或是火車，而且必須提供這三名朋友念同一所學校達三年以上的證據。

此一飛機／計程車／火車之旅必須是事先規劃，不能是為了這次巧合而特別安排的單一事件。臨時起意加入的行程將會被判定為不符資格。要是能讓其中兩人或三人盡興聊天，加分。

2　製造一場塞車事件，車陣中80％以上的車輛必須是同一顏色，顏色不指定。

塞車時間必須要持續二十分鐘以上，不可以靠車禍或是交通號誌故障的方法，要是80％以上的車輛是同一品牌可加分。

祝各位好運，如果各位有那個福氣的話！

7

「倉鼠男」站在街角，仔細檢視下一個狙擊目標的預定地點。他被劈分為兩半——或者，更精確的說法是，他被一剖為三。

他腦袋中的某塊區域很清楚狀況，一定要事先查看、準備，加上計畫，才能夠執行一場漂亮狙擊。不能把一切當成「水到渠成」的事件。他必須要確定受害者的行程（不，不是，不是受害者。他提醒自己，正確說法是目標）。他必須要計算開槍角度、找出逃逸路線、確定風勢。要順利完成任務，一定得遵循這樣的步驟。

而他腦袋的第二個區塊則忙著拚命說服他，這一切實屬多餘。就他的狀況來說，真的就是「水到渠成」而已。計算拆卸武器、回到自己車內的整段時間，根本就是愚蠢，毫無意義可言。該活的人活；該死的人死，這就是他的行事風格，所以大家都覺得他好厲害。

而他的第三個部分則是想要回到房間，拿一瓶上好的威士忌，癱在床上，逗弄葛瑞格里，等到他緊張兮兮不斷嗅聞的小鼻子停止動作、終於全然信任依偎在他身邊為止，然後，再看一段他聽不懂的外語電視節目。

在最近執行任務的時候，這種三方角力的儀式幾乎是一直在上演，他已經開始覺得厭煩了。第二與第三部分會結為聯盟，襲擊第一個區塊——也就是三大塊之中的那一個理性負責的成人。攻破並不容易，因為他有許多論據紮實的反駁觀點，尤其是針對第三區塊，其實也不過就是

「拜託，你擔心什麼啊？一定很好玩啦」之類的話。而最後這名合約殺手的反應是聳肩，掉頭離開，在屋頂上就定位，使用長槍管狙擊步槍，嗯，開始準備事先計畫。

唯一的問題是，這種步槍他有兩把，都很適合這次的任務。他需要小心計算數據，才能決定哪一把槍具有優勢。分析內容包括了天氣、屋頂可見度狀況、扳機靈敏度，以及空氣濕度等因素。

他停下腳步，再次凝望街角，然後，把手伸入口袋，取出了一枚硬幣，拋向空中，接住，瞄了一下。

選用哪一支步槍的問題，已經解決了。

8

你不夠好。

你不夠好。

你不夠好。

閉嘴！

愛蜜莉站在自家那面畫滿塗鴉的牆面前方，努力壓抑心中的種種紛亂思緒。為什麼每當她在研究任務的時候，總覺得自己馬上就得面臨失敗？畢竟這種擔憂毫無來由。她很優秀，非常優秀。就連艾瑞克也忍不住稱讚她悄悄完成的各種巧合事件。所以每次有新信封到來的時候，為什麼她會認為——對，就是這一次——她鐵定失敗？

其實，這又有什麼差別嗎？巧合製造師的成功率是百分之六十五，而她是百分之八十，她有欠誰什麼嗎？要是這名會計師還是繼續當會計師，那又怎樣？他想要繼續走這一行，那就隨便吧！她已經不再上那堂課了，不需要在將軍、艾瑞克，或是蓋伊面前力求表現……

她坐在地上。

話說回來，她竭盡一切努力，就是為了要讓別人刮目相看。這也正是她感受到壓力從四面八方湧來、深陷在無止境的追逐之中、一直透過別人目光打量自己的真確原因。她覺得自己應該要有令人驚豔、獨特的表現，顯現超迷人、亮麗、成功的那一面，流露出全然的幽默感，然後，他終於被沖刷到她的岸邊，將所有的廢船、開闊的海洋，以及魅誘女妖拋諸在後。

有些字詞真的讓她無法承受。

比方說，「滴答滴答」。這是一聽到就會害她焦慮不已的辭彙，讓她覺得產生一種彷彿有什麼事即將步入終點、缺氧、某顆炸彈即將毀滅一切的感覺；「孤單」會讓她整夜輾轉難眠，無論怎麼努力，就是沒有辦法跳脫自己一直躺在空蕩蕩的床上，而周遭的世界卻加速前進的想像畫面。她會花好幾天的時間避開「失敗」或是對「理性」置之不理。不知道為什麼，她也無法忍受「餅乾」這個字。

而最近她對「朋友」這個字眼的憎惡程度，幾乎已經到達了前幾名。讓她相當作嘔與厭煩的是當「朋友」，正好站在調情懸崖邊界的曖昧巧語，明明在談心但她卻只能提到與他沒有直接關聯的事，努力解讀他的微笑是否還有弦外之音卻總是失望受挫，還有為了要稍稍靠近片刻，但最後得緩緩退後又絕不能回頭、令她作嘔的舞戲，因為她就是擔憂這樣一來將會毀盡僅存的些許殘跡。

她討厭當蓋伊的朋友。

而且，總是還有別的，某種截然不同的感覺，如此對味。還有那種渴望，啊，渴望看到他因為小事而開心。那是一種控制不了的需求，願意讓自己全心奉獻給某人，只是想要知道自己能夠照亮他內心的某一部分。真有這種可能嗎？為什麼這個害羞失措的男孩讓她如此茫茫然？

每當她一想到他，眼前就會浮現宛若夢境殘片的畫面。

光亮與黑暗的片刻，興奮與失望的日子。她喜歡回味悸動消失的時刻，她還能夠自顧自微笑，知道這並不只是墜入愛河，因為這就是愛。她並不是被羅曼史沖昏頭的高中女生，因為她是找到了與自己靈魂契合的另一半。而且，每當她想起他並不在自己身邊，總是令她一陣顫慄。

去他媽的詩人啦。

今天剛剛好，她等的就是這樣的一天——她空閒無事，而蓋伊也一樣。

她必須要讓這件事成真，而且她辦得到。

她起身，到了另一個房間。房門旁邊的牆面是另一幅規劃草圖，對她來說同樣重要。當初建議她使用牆壁來計畫巧合的正是蓋伊，所以何不「以其人之道還治其人之身」？

牆上畫有幾十個小圈圈，構畫的事件宛若一道噴泉，等她集結一切、啟動它們的小革命後，就會噴發出來。最上方寫的是「我們」，底下佈滿了亂七八糟的線條、表格、文字，以及數字，寫有「蓋伊」與「愛蜜莉」的兩個圓圈，落在這一團亂七八糟草圖的正中央。

這個計畫草圖很龐大。跨越了牆壁的邊界，還延伸到隔壁那面牆的窗戶，爬上天花板，宛若潑濺的油漬灑遍了整個房間。有時候，當她發現裡面居然有這麼多詳盡的細節，不禁大感驚奇。但她一定要有完美演出，絕對是不擇手段，不能冒任何風險。她只有一次機會能夠搬出自己火藥庫裡的所有軍火，在她最重要的巧合製造競技場，全力一搏。

通常，她醒來的時候，會發現自己躺在這個房間的地上，目光再次梭巡佈滿這四面牆與天花板的計畫之後，又沉沉睡去，然後夢中的圖表又繼續延伸壯大，爬過了地板，想要攀到她的身上，將她掩埋，以數據、各種可能性，還有昔時的期望緊緊裹住她。

她會展開行動，就是今晚。

她已經有了充分準備。

早從多年前，她就開始構思這個草圖。

在上課的時候，她並不像是一般年輕女子畫下帶箭的紅心或將兩人姓名的字母融為一體，而是靠著從筆記本撕下來的碎紙，計畫複雜的媒合圖表，也會在餐廳的餐巾紙上頭畫帶有箭頭的圓圈。一開始的時候，一定是兩個圓圈，裡面各有一個名字，然後變成一個充滿線條與連接關係、越來越複雜、最後讓她發瘋的體系，然後，她會把那張紙撕成碎片，丟入垃圾桶。

當然，唯一懶得撕碎那一次，就被艾瑞克發現了。

那是他們窩在她家、準備要在考前一起念書衝刺的某個夜晚。

蓋伊在沙發上睡著了。某本厚重的《奇緣之簡介》攤開放在他的胸前，他嘴唇微張，像是一頭疲倦老海獅。艾瑞克與愛蜜莉決定讓他繼續睡，他們兩人就互考歷史。

當時她只知道艾瑞克是個自戀狂，但人很好，不過她卻沒料到他有這麼強烈的好奇心。她不過才離開兩分鐘去拿咖啡與餅乾，回來的時候已經看到艾瑞克的雙手拿著她的圖表，研究得很起勁。

「艾瑞克！」她大叫，差點驚醒了蓋伊。「你幹嘛亂翻我的垃圾！」

她衝到他面前，眼眶泛淚，搶下他手中的那張紙。「你真是混——」

「喂，它就從那一堆紙裡面冒出來了嘛，」艾瑞克舉起雙手，「而且我還看到我的名字，不然妳覺得我應該怎樣？」

「我覺得應該怎樣？我以為你會尊重他人隱私，不該在某人暫時離開的時候到處刺探。顯然，我對你有不切實際的期待。」

艾瑞克不說話，又繼續研究自己的筆記，愛蜜莉撕毀了那張紙。

他開口，「希望妳不是認真的。」

「不關你的事。」

「這男人已有所屬，」他的下巴朝蓋伊點了一下，「妳最後只能傷心收場。」

「已有所屬？」她倒是沒聽過這件事。

「也許不是肉體層次，」他說道，「但心理層面絕對是如此。」

「是誰？」

「某個過往的幻想朋友，好像是叫卡珊卓拉什麼的。」

「蓋伊愛上的是某個幻想朋友？」

「對，他超有少男情懷吧？」

「不好笑，」愛蜜莉怒氣沖沖，「真的不好笑。」

「反正狀況就是這樣。就算他沒死會好了，我也不會為了撮合你們兩個而幫忙製造巧合。」

「為什麼不肯？」

「這不適合妳。妳的專長路線應該是動機型巧合，而不是撮合型的巧合。」

「老實說，我幹嘛和你講這些事？」

「好，那就到此為止，我該說的都說了。」

「無論我想製造什麼巧合，我覺得都不成問題。」

「我想也是。好，妳記得是誰負責發現盤尼西林的那一場巧合？鮑爾姆還是楊恩？」

「不要轉換話題，反正我就是可以像大家一樣製造撮合型巧合。」

「當然，但不是為妳自己，妳陷得太深了。我想這一題的答案是楊恩，她製造的那些巧合真是精采。」

「為什麼不能為我自己？而你喜歡楊恩的唯一理由就是她安排了麥卡尼遇見藍儂的那一場巧合，鮑爾姆的貢獻比她偉大多了。」

「我覺得鮑爾姆有點過於實務導向，發現LSD、電磁學——超嚴肅。楊恩主導了發現玉米片的那一場巧合，我認為那是巧合的歷史性巨作。」

「艾瑞克……」

「我記得還有鐵氟龍。等等，讓我確定一下……」

「艾瑞克！」

他本來埋首紙頁之間，猛然抬頭問她，「怎樣？」

「你為什麼覺得我不能處理撮合型的巧合？」

艾瑞克放下筆記，「親愛的小愛，聽我說，妳想要製造任何巧合都不成問題，真的。我相信妳將來一定會搞定多次撮合，而且會促成不計其數的嶄新大發現，親愛的，妳將會改變這個世界。其實，只不過就是我們各有擅長罷了，而妳……牽涉到情感不適合妳，它會害妳失衡，變得焦慮，妳太投入也太緊張。我不是這種問題的專家，但我冷眼旁觀就是這樣。」

愛蜜莉說道，「你總是為自己安排約會對象。」

「對，沒錯。」艾瑞克有些不好意思，連像他這樣的人也會有這麼一天。「但我們不一樣，我的整體感情觀與你不同，我比較，呃，該怎麼說才好……我隨興所至。妳呢，我看看，行事就是比較……誇張。」

她氣得跺腳，「我哪有誇張！」

他指向仍在他們身旁熟睡的蓋伊，「妳看看他吧？」

「嗯。」

「他是古典的巧合製造師。他不相信有完美女人，但也不願意接受除了她之外的其他人選，他是不期待世上有愛存在的真正浪漫派，對於想要撮合人們、但卻不會自己搞得過度焦慮的人來說，這就是恰如其分的性格組合。但妳不是，千萬不要為自己製造巧合，很可能會惹來大麻煩。」

「好，好啦，」愛蜜莉說道，「我聽懂你的意思了，現在給我閉嘴。」她腦中的某個區塊開始運作，不期待世上有愛存在的真正浪漫派？也許她可以利用這一點……

艾瑞克問道，「我的共時性筆記是被妳放到哪裡去了？」

「不准再翻我的垃圾，知道嗎？」

9

也不知道為什麼，他的終點總是在這條木板路。

蓋伊的休假日並不多，信封總是一個接著一個出現，只有偶爾在一大早就完成巧合任務的時候，才能有機會趁空四處走走，享受各種可能的閒散情境——然後第二天的信封又會接著到來，這種休假日到底有多少天，光靠一隻手就數完了。

首先，他會睡兩小時的回籠覺，然後找一間好吃的牛排餐館，接下來是重新回味坐在迎風搖晃的樹木之前、滌清思緒的那股懷舊快感。下一站是兩個月前注意到的那間小酒館，矇矓雙眼的安靜鋼琴師，加上一杯紅酒，就能讓他覺得自己像是個世故的年輕人。當然，最後就是和往常一樣，也不知道為什麼，總是在這條木板路劃下句點，他凝望太陽落入地平線，任由微鹹海風吹亂髮絲。

他坐在某張長椅上，凝望海洋，讓酒氣稍退，任由清涼晚風的氣息沁入衣內。海灘幾乎空無一人，只有一個十幾歲的小孩帶著狗兒在岸邊蹦跳嬉戲，就在他的面前，導演剪輯版的友誼畫面應該就是如此吧。

也許現在該挑隻寵物了，未必得養狗，貓咪、雪貂，甚至金魚也可以。哎呀，要是別無選擇的話，退而求其次養個盆栽也不錯。海灘上的男孩與狗兒逗弄彼此的那種方式，只有在與真正深愛的人相處時才會看得到。他心中湧起一抹妒意，迅速竄流全身，消失不見。他深吸了一口海鹹空氣，慢慢吐出，臉上掛著淡淡的苦笑。也許他沒有太多假期也是好事，因為遇到這種時刻，就會提醒他自己孤單一人的現實。

蓋伊緩緩起身，準備走路回家。

有兩人在市政廳走廊討論得好激昂，其中一人終於說服了另外一個人；這種夏夜正是鼓勵人們外出逛街的時分，小型彩色燈泡交錯掛在大道兩旁的樹木，讓夜幕成了燦爛的嘉年華。

他的目光四處梭遊，整個人也融入了現場的氛圍當中。過了幾分鐘之後，他發現一件事，而且自此之後，他再也無法對其置之不理。他前面有對情侶在擁抱微笑，而他旁邊的長椅則坐了一對老夫婦，手牽著手，還有一對男孩與女孩，不超過十歲，向前狂奔，經過了他的面前。

這似乎是出於他的想像，就像是孕婦老覺得到處都有人推著嬰兒車，戒菸者眼中只看得到香菸一樣，深感寂寞的人張望四周，映入眼簾的彷彿都是雙雙對對。

蓋伊東看西看，想要知道是不是也有其他人無伴獨行。沒有，全都是一對對，各式各樣的組合，有的腳步急快，專注於目的地，還有的步履緩慢，或是擁抱，蹦蹦跳跳，不然就是同時拖著腳步前進，還有的站在角落低語。

對，他需要一隻狗。

突然之間，他終於在這些雙人組裡面看到了某個獨行者，腳步急促，匆匆要趕往某處。蓋伊幾乎在心中感謝對方，原來他不是這裡唯一的落單之人，這時對方卻撞到了一名從小型玩具店出來的女子，害她小心翼翼抱在懷裡的那些箱子全飛了出去。蓋伊忍不住想到了將軍的話，那聲音一直在腦中迴盪。

「我知道你們一直引頸期盼這堂課，」他對他們說道，「學生們老是以為撮合的初階課是非常浪漫的課程，而且大家也以為相當簡單，只需要找個年輕男人、年輕女子，再找個街角，對吧？讓那男的從一頭走過來，安排那女的從另一頭走過去，讓他們在轉角撞個正著，然後，噠啦——書本全掉在地上，四目相接，一見鍾情啊什麼的。這種場景的鬼扯故事數量之多，解決第三世界饑荒也不成問題。」

蓋伊自顧自咯咯笑個不停，因為男子火速對那名嚇壞的女子道歉後，就又匆匆趕路。此一類型的邂逅成功率是千分之一，至於失敗的那九百九十九次，幕後操盤手必須要再加把勁才行。他希望自己看到的這個場景並非某人刻意製造的巧合，這麼不專業的表現真是丟人現眼。

不過，愛蜜莉早上對他說的話的確沒錯，他是真心喜歡執行撮合任務，不是因為浪漫，他不鳥這種事。大家對待情愛的態度彷彿是信仰，宛若把它當成了宗教。而在這樣的教義當中，你抱持的既定信念是人與人之間有某種跨宇宙的連結，與其他形式的連結完全不同，而在這種架構之中，你會虔誠愛慕某人。蓋伊心想，人們必須要信仰比自己更龐大的某種事物，而宗教未必能夠一直提供這種功能，所以這個被稱之為愛的概念就給了他們一直在尋索的東西——超越日常生活的非理性深層意涵。要是沒有這種體悟，在一個以佔有取代給予的世界之中，愛情不過就只是另一項必需品而已。豪宅、漂亮的座車、美好的愛。你沒有愛過？根本就是虛擲人生。

他也一度有過這種想法，但在那之後，一切就變了。他嚐過了它的果實，對它很熟悉。而愛情並非如此——它其實更豐富。但他已經收受了自己的那一份，如今消失無蹤。愛情篇章結束封存，他沮喪至極，許久之前就默默認命了。現在，輪到他去照顧別人。因此，撮合對他來說很重要。也許當你幫助某人獲得了自己再也無法體驗的那種幸福之後，你也會沾染到些微的那種快樂，這是在你名下的紀錄。

他帶著微笑，走向店門口的那名女子，幫她逐一拿起包裹。

她對他說道，「謝謝你。」

「不客氣。」

地上到處都是不同尺寸的小盒子，傳統的小孩玩具，但換了全新的吸睛包裝。

「這是送給我外甥們的禮物，」她把紅色髮絲攏到耳後，「雙胞胎。下個禮拜過生日，我決定要送點東西給他們，希望能夠讓他們遠離電腦。」

蓋伊拿起一盒綠色塑膠士兵，「嗯……」他只是隨口應答，其實並沒有在聽。透明包裝盒裡的那些小士兵露出無辜眼神、回望著他。

她問道，「可以還給我嗎？」

蓋伊從自己的幻夢中突然驚醒過來，「啊？」

她站在那裡微笑，地上的那些玩具又回到了她的胸前，然後她指了指他手中的東西，「這些士兵，可以還給我嗎？」

「啊，當然，」他把盒子還給她，「抱歉。」

「你小時候玩過這些東西嗎？」她問道，「是不是讓你開始懷舊？」

「沒有，並沒有，」他勉強擠出微笑，「我覺得我只是恍神罷了。」

她再次向他道謝，隨後離開。蓋伊待在原地好一會兒之後，繼續沿著充滿一對對情侶的街道前進，準備回家。他得要買麵包、巧克力抹醬、糖、咖啡，還有好些家裡鐵定沒有的東西，他等一下會進去路上的超市採購。

愛蜜莉坐在自己的客廳裡。

她心想，所以這就是一般人在等待前線消息的感覺吧。

數個月的謀劃、畫滿了好幾面牆的圖表、數週的殷殷期盼，終於等到可以策劃一切的這一天出現了，最後她坐在這裡，等待某通電話。

要是她能夠在這個時候至少做些什麼，就不會那麼可悲了。不過，她就只是坐在這裡、等待電話鈴聲，拜託，一定要響啊。

蓋伊的目光在櫃架上下游移，想要知道他們到底把咖啡藏在哪裡。

對，他記得很清楚，那些塑膠士兵是如何讓世界停止轉動了好一會兒，清楚得令人發窘。其實，某個地方還有文字紀錄，就在某個有折角記號的老舊筆記本裡面。

事情就發生在剛剛進入課程的第二週。聯想初階課的回家作業，是要繪製出彼此的思路圖。將軍極力堅持參透「命中註定之事」的道理，與他們這一行所使用的主要利器的重要性不相上下——天知道這麼模糊不清的話到底是什麼意思。蓋伊必須繪製出艾瑞克的聯想思路圖，而艾瑞克的對象是愛蜜莉，愛蜜莉則是負責蓋伊。

探究艾瑞克相當簡單，也不知道為什麼，一切都是與女人、成就、馬克思兄弟喜劇有關。有時候蓋伊必須要深入研究，才能明白為什麼木瓜飲品會讓艾瑞克聯想到越南，或者，當你提到「巧克力」的時候，他想到的是「薩克斯風」。不過，到了最後，一切都找到了合理解釋，而且他最後拼湊出的思路圖讓將軍還算滿意。

被別人探究自己的思路就有點煩了。

愛蜜莉窮追不捨。她不允許他以片面解釋帶過。她會與他發生爭執，「書本」聯想到「書架」十分符合邏輯，但為什麼「書架」會讓你想到《終極警探第二集》？他必須向她交代清楚「拖鞋」與「刺蝟」、「微笑」與「蝙蝠」、「地磚」與「粉彩機器人」之間的詭異連結關係，但也不知道為什麼，她最有興趣的是發現了玩具士兵居然讓他聯想到了愛。

她講話時眼神炯炯有光，「這一點你得要向我解釋清楚……」他們兩人坐在他家的地板上，愛蜜莉不知道在哪找出了一盒幸運餅乾盒，現在正放在他們旁邊，盒蓋是開著的。每當蓋伊覺得需要喘口氣的時候，他們就會取出一塊餅乾，拆開看看裡面到底寫什麼，思索是否能夠予以運用在製造巧合事件。現在，盒內的餅乾只剩下一半。

「這與我第一次約會有關，」他拚命在閃避問題，「就這樣而已。」

「細節，」她摩拳擦掌，「跟我講細節。」

「艾瑞克先前逼問妳的時候害妳抓狂，現在妳把氣出在我身上是嗎？」

她露出賊笑，「我只是想要認真寫功課而已。」她挑眉看著他，雖然她另有意圖，但還是掩飾得很成功。

所以他就全告訴她了，有關卡珊卓拉的事，他們是如何相遇、分開，還有這段過程中的一切。愛蜜莉專心聆聽，偶爾會以猶疑的聲音提問，好像她早就知道他們再也不會聊起這個話題。

這成了某種儀式。在課程期間，他們見面，通常會喝杯咖啡，吃一盒幸運餅乾。艾瑞克有時候會加入他們，但通常會以為了要與某人一起卡在電梯裡的「千載難逢的大好機會」之類的理由爽約，所以最後就只剩下他們兩個人。甜餅乾裡面藏的字條，就能讓他們開始暢懷聊天。他們再也沒有提過卡珊卓拉，也沒有聊愛蜜莉先前擔任的職務，其實根本沒聊課堂的事。他們聊音樂，但並沒有提到它啟發巧合事件主角聯想的能力；他們聊電影，但並沒有聊那些能夠撩撥壓抑情感的場景，也不想討論在某位巧合製造師進行干預之後產出了哪些劇本；他們聊自己喜歡的電視節目，但並沒有提到課程中的「靠停電建立收視率」那一課；他們甚至也會聊政治，兩人都知道獲得民心的真相是怎麼一回事，但他們絕口不提。

其實，他很想念這樣的時光。自從課程結束之後，他們，也就是只有彼此，能夠聊天的機會並不多。彼此的行程都超級緊湊，而且也不知道為什麼，一定會有其中一人在忙著準備新的巧合。他們是這一行的菜鳥，大家拚命在忙著製造自己的巧合，還不知道要怎麼管理他們的時間。聚會取消了兩三次之後，他們的儀式就消失了。過了幾個月之後，艾瑞克堅持要建立三人晨會的新儀式，之後，他們想出方法協調三人的忙碌行程，那些餅乾夜晚似乎也變得多餘了。他又想到了海灘男孩與他的狗兒。其實，現在他也擁有類似那樣的友情，靠一杯紅酒滿足有伴的想望，也不是每次都能奏效。

他想買的咖啡放在第三排，在另一種咖啡的後面，比較貴。他把咖啡罐放入空蕩蕩的購物車，往前走了之後，看到櫃架上的幸運餅乾，正在打折促銷。

買一送一。

愛蜜莉讓電話響了三聲半之後，才接起電話。

她開口，「等我一下哦。」

她把話筒移開耳邊，然後默默數到十。她以直覺計數的速度太快了，所以她又多數了好幾秒，這次是靠理智。

「啊，好了，」她再次把話筒貼耳，「抱歉，我正在忙。」

「嗨，」蓋伊開口，「妳好嗎？」

「不錯啊。」

「妳還記得我們以前常吃的那些餅乾嗎？」

「當然，」她回道，「我覺得它們有好多次都預測神準。」

「妳還記得是哪一個牌子嗎？」

「不記得……好像是裝在什麼錫盒裡吧？」

「棕色，還有一根紅條，對不對？」

「沒錯。」

「現在我人在超市，正好看到了那些餅乾，我覺得好久沒看到這種盒子了。」

「哇，好令人懷舊，」她說道，「也幫我買一個。」

他問道，「嗯，你知道嗎……」

我當然知道，我知情是理所當然，我希望你也明白這一點！「怎樣？」

「要不要來我家。我們可以一起吃餅乾，就像是以前一樣。」

「我在想，我可以把某些事延到明天……」她拖慢講話速度，讓自己的語氣像是正努力下定決心。

他說道，「來啦，過來吧，一定很好玩。」

「哦？好啊，」愛蜜莉說道，「我們可以一起看電影，由你挑選！」

「就這麼說定了。」

「太好了，我馬上穿衣服，幾分鐘之內就過去。」

他們結束通話，愛蜜莉覺得自己總算是大功告成，她開始在公寓裡蹦蹦跳跳，雖然想要狂聲尖叫還是盡量忍住。鄰居嘛，大家都知道。所以，她就像個小女孩一樣蹦蹦跳跳到了另一個房間，站在牆邊，踮腳親吻牆上寫有蓋伊名字的地方。

蓋伊心想，這樣應該很不錯，與另外一個會呼吸的生物聊天，當作一天的終點，他開始研究「網飛」建議的片單。

《攻其不備》

《美麗人生》

《永不說不》

《風雲人物》

《麻雀變鳳凰》

《一夜風流》

他搖搖頭，感覺有點不太對勁。

他的建議片單中通常不會有浪漫喜劇，但問題不只是這樣，還有別的。他暫時拋下那股感覺，隨機挑片，閉上雙眼的時候按下了按鈕。

《神鬼交鋒》

愛蜜莉一定會很喜歡的，她好愛湯姆．漢克斯。

他一直到回家之後，才驚覺自己的提議非比尋常。

他已經好久不曾邀人來家中作客。他現在到底還剩下多少時間？十分鐘吧？

客廳裡到處都是散落的衣服，桌布上的一坨老舊污漬滿是責難地盯著他，還有受訓時的那一大疊書本、手冊和筆記本依然堆放在角落，成了某種拖延性格的紀念碑。

他迅速收拾衣服，把那些書本推向某張沙發的後方。他透過百葉窗向外張望，發現愛蜜莉已經出現在外頭的街道。他趕緊衝到牆邊收拾報紙，沒多想就直接扔進另外一個房間，自己則一屁股坐在沙發上，打開電視，佯裝愛蜜莉進來的時候，他早就是這副模樣了。

螢幕上出現某名微笑的鬍子男，背景是白雪皚皚的壯麗山頭。他面色紅潤，充滿曬痕，穿了一件高領厚重羽絨衣，而他的雙眼散發出深藍光芒。

「首先，恭喜你，」訪問者問道，他整個人幾乎全在畫面之外，只看得到緊握麥克風的那隻手。「我知道這是你第二次嘗試攻頂。」

「對，」鬍子男說道，「上次狀況的確不佳。老實說，很可怕，我斷了腿……真的很慘烈。」

「不過，你還是再接再厲。」

「你知道的，」鬍子男的笑容更開心了，「所以才會有所謂的第二次機會。你絕對不能放棄自知一定要完成的那些心願，我很清楚，自己就是必須再試一次。而且，我這次擁有相當充足的奧援。」他伸出手，一個皮膚曬得黝黑的短髮女子入鏡，她身穿的外套就像那男子一樣厚重。他以鬍鬚貼住她的額頭，她搖搖手，咯咯笑個不停。

愛蜜莉敲門。

兩人一起坐在沙發上，想要回憶過往到底是如何進行。畢竟有艾瑞克參加聚會已經這麼久了，他總是會講出超蠢的話，現在顯然是需要一些調整。恢復到一對一，兩人都有些生疏了。

「還是可以聞到油漆的味道。」一直在她心中的自動駕駛依然想要努力掌控一切。

「對，一直殘留不去。」他們面前螢幕裡的那個大鬍子登山家，繼續滔滔不絕，只是現在變成了靜音模式。

愛蜜莉起身，開了一點百葉窗。回座的時候，她拿起一盒幸運餅乾，遞到蓋伊面前。「一個給你……」蓋伊微笑接下，「一個給我……」她自己也隨機抽了一塊。

她盤腿坐在他對面的沙發。

「你邀請我過來，我真是開心，」她說道，「我們已經好久沒這樣了，好想念啊。」

蓋伊對她微笑，剝開了自己的幸運餅乾，拿出裡面的小字條。突然間電力中斷，在斷滅所有光源之前的那一瞬間，他讀了那個句子，揚起目光，盯著愛蜜莉。

「不要望向遠方，最重要問題的答案很可能就在你的眼前。」

黑暗包圍他們，安靜的氣氛中瀰漫著期待。愛蜜莉挺直身體，屏住呼吸。

她知道從百葉窗透入的微光會正好落在她的眼睛，成為白色對角線，讓雙眸閃閃發光。她聽到心跳，不知道是她自己的還是他的。等到電力恢復之後，他依然凝望著她的眼眸，兩人都沒說話。

終於，他放下碎餅乾，開口說道，「我想我現在終於明白了一件事，早在許久之前就該想通的事。」

她微微顫抖，低聲問道，「嗯？」

「我不想靠以前的那種方式與妳會面，」她發現他雙頰漲紅，「我希望我們可以用新的方式聚會，截然不同的方式，我想要嘗試一點別的。」

她現在還是無法以正常聲量講話，「我覺得這樣很好。」

「我生活在過去的時間也未免太久了。」

「對……」

「一直到了今天，我才察覺到某些感情。」

「蓋伊……」

「管什麼卡珊卓拉，我要的是妳。」

「啊，蓋伊……」

❖

燈光再次亮起，愛蜜莉搖頭，回到了現實當中，擺在眼前的真實世界是蓋伊坐在她面前，盯著手裡的碎餅乾與那張紙。他抬頭看著她，開口問道，「愛蜜莉，這是怎麼回事？」

「什麼意思？」

他的內心似乎起了變化，變得有些強硬。他起身，走到沙發後面，四處翻找了一會兒，拿出一本破爛的褪色筆記本，上面寫有「B計畫，物件選擇技巧」。他逐一翻閱，終於找到了他尋索的那個部分，然後，把筆記本放在桌上。那一頁的標題是「編號七十三：在某個盒子裡挑選物件的事先準備，維頓練習的變化版」。插圖顯示要如何旋轉那個盒子，所以主角會誤以為他只是隨機拿了裡面的某物品，但其實是早已事先決定好的東西。

愛蜜莉默默盯著那本攤開的筆記本。

「我挑了這個餅乾，都是出於妳的安排，對不對？」

她依然不講話，捏碎了自己的餅乾。

「對不對？」

她還是不肯回答。他把筆記本狠狠甩到客廳的另一頭，然後坐在她對面。「這是怎麼回事？」

「有一個人，我參加了某個課程結識的好友，曾經把他的初戀故事告訴了我，」艾蜜莉語氣平靜地開口，「他說，他本來覺得愛是某種形式的崇拜，只會散發出宜人氣息。你開始對某人心心念念，你因為種種理由成了某人的粉絲，而這個某人也成了你的粉絲。畢竟，大家口中的愛不就是這樣嗎？在某個清朗之日打到你的炫目閃電，或是在你腹中悄悄湧現的一股崇拜，這樣的恍然大悟——宛若一道明亮白光——就是雙胞胎心有靈犀之類的那種鬼話。」

「超市的那些餅乾盒也是出於妳的安排？玩具店的那個女人也是？」其實他並沒有對她生氣，但他必須裝作如此。她一定要明白不能這樣，反正就是，不可以。

「然後，某人進入了我朋友的生命之中，他了解到之前別人說的都是錯的，他自己也搞錯了。那不是崇拜，根本沾不上邊，一開始的時候很類似，但過沒多久之後，這種膚淺的崇拜不斷滋長，變成了別的情愫，更真實的情愫，他覺得自己彷彿又回到了家，他回到了某個符合他想望、適合他，而且足以與他匹配的地方，更重要的是，那是一個能讓他產生歸屬之地。他說，他覺得他們彷彿許久之前就已經相遇，或是曾經共同做過什麼，然後被迫中斷，然後，又能繼續下去，但他不知道一起從事的到底是什麼。他告訴我，他一直不覺得那是個開端，而是一種連續狀態。」

「愛蜜莉，聽我說……」

她努力控制自己的語氣，不要像是在乞求，千萬不要。「蓋伊……你放眼世界，」她說道，「也絕對不會看到符合你的愛情，因為你根本沒有在找。你找的是卡珊卓拉，而且已經提早放棄。你在尋找的是某個曾經存在，但已經消失無蹤的人。你執迷的是已經結束、不復存在的事物。我看到你這樣，讓我好傷心，你努力為線條早已被磨蝕殆盡的畫作填補色彩，幻想某個早就消失——」

「我並沒有在幻想，我在回想，我現在只剩下記憶，」他不讓她講下去，「這兩者之間還是有所不——」

她也打斷他，「但你依然是囚徒。」

「這樣對我來說很好。」

「但對我不是。」

兩人陷入沉默。

慢慢地，恍然大悟的圓圈匯聚在一起。滴答，滴答，滴答。他知道她的想望，努力安排的到底是什麼，而且她也清楚他知道，他也明白她已經知道他知情了……

靠，她到底在想什麼？

「這一切是從什麼時候開始的……」

「長久以來，我一直思索該如何告訴你這件事，要怎麼向你坦承一切，要……」她在發抖，那身體語言在悄悄訴說：我需要一個擁抱，而他也透過肢體回應：不行。

他小心翼翼問道，「我是說今天的事。妳是從什麼時候開始對我製造巧合？」

愛蜜莉說道，「在海邊的時候。」

「男孩與狗？」

「對。」

「到處都是情侶的那條街。」

「對，還有其他事……」我需要一個擁抱，難道你看不出來嗎？

噢，靠，讓一切都過去吧。

「我覺得我們曾經一起做過些什麼，然後中斷了一陣子，現在我們可以繼續下去。」愛蜜莉繼續說道，「難道你偶爾不會出現這種感覺嗎？就連一點點也沒有？因為我有。每當你跟我在一起，在我身邊的時候，我感覺就像回到了家。我想要從我們停止的那個時點繼續下去，我……」

「愛蜜莉……」

「相信我，」她說道，「真的有這樣的地方。」

她當初安排的時候，應該要讓停電停久一點，拖延好一陣子，現在他很可能會看到她在哭了。

「抱歉，」他說道，「妳很棒，真的很棒。你也知道我和妳在一起的時候有多麼開心，但是……」

一定要有一個「但是」對嗎？某個心理轉折。

他深呼吸，「這樣是行不通的，對我沒辦法。當『我們』之間不可能的時候，妳不能為我們安排任何巧合。」

她沒辦法再待下去了。

沒這個必要了。

她已經問出了那個問題，展現出她繁複的求愛天分，她醞釀許久的這一場契機。而他也給了回答，一個沉靜但響亮的「不要」。

她在走廊緩步前行，努力不要摔倒，她發現手裡還握著餅乾。今天她預做安排了許多事項，但她自己的餅乾純粹是隨機選擇。她捏碎餅乾，取出了裡面的那張小紙條。

「有時候，」那張字條悄悄對她說道，「失望是全新而美好的起點。」

她對自己開口，「嗯，是啦。」樓梯的燈光滅了，她靠著自己一路摸索下樓。

10

靠！明明都已經進去了！

艾迪，職業是會計師，他站在樓梯口，彎身，拚命想要把鑰匙塞入鎖孔。

他的雙手明明很穩，他氣得咬牙切齒，把鑰匙插入鎖孔轉動的這個簡單動作也不知道為什麼會變得這麼複雜，他暗罵髒話。

他瞄了一下手錶。躁亂之心已經持續了將近八分鐘之久。他很難為這種模糊的感覺下定義，但他知道現在自己萬萬不需要這種情緒。

鑰匙終於滑入那塊圓柱體，他推開了門。他進去之後，打開了燈，掛心的是自己鐵定在鑰匙孔附近留下的微小刮痕，就像是某些下流酒鬼的行徑。

他努力深呼吸，想要平靜下來，釐清思緒。

深呼吸可以將更多空氣送入肺部，血液裡會得到更多氧氣，所以腦部就能得到冷靜下來所需的氧氣量，回到正常狀態。他覺得有人把小型橡膠子彈射入他頭部，而且還四處亂竄。

但也不需要誇張，沒關係，他不是情緒化的人，這一點讓他很自豪。

當他周邊的人都成為隱晦衝動的奴隸時，他早已在許久之前就釐清了那一個區塊。他也不再向別人努力解釋這一點，毫無意義，大家都想要說服自己是感性的人。也不知道為什麼，要是讓他們明白感覺不過只是某種化學反應，在神經元之中的一陣微小電流波動，會害他們認為自己太機械化了。

艾迪覺得當機器也沒什麼。這是現實，大家應該要有所認知。一坨肉，內蘊DNA的皮囊，具有自我意識的一套器官體系。好，那又怎樣？反正就不過如此而已。

不過，現在他卻發現自己在小公寓裡來回踱步，擾亂了佈滿擁擠書架的牆面之間的濃濁空氣，他想要知道這股不安的來源到底是什麼。

他停下動作，搖頭。

音樂，他得來點音樂。某個櫃子下方的某處，有一疊沾灰的音樂碟片，他已經很久沒聽了。他有一張只聽了四首的鋼琴與交響樂團的協奏曲CD——強烈的曲調、結構勻稱的音樂主題，嚴謹地呈現像是只有兩個未知數的公式一樣。

他的音樂，他需要的就是這個。

他拿出老舊破爛的CD隨身聽，連接的耳機線宛若蛇一樣纏著獵物不放，然後，他坐在扶手椅裡面，率先出現的樂音開始喚起了熟悉的宇宙秩序。

他閉上雙眼，那清晰、幾乎是軍樂般的節奏蔓延全身。他不再是坐在扶手椅裡的暴燥男人，他以遠觀專注的方式，望著自己，這整個世界，這張扶手椅成了一團化合分子，而坐在這椅子上的是一套由幫浦與水管、風箱與出風口、槓桿與組織所合成的體系。他的思緒越飄越遠，進入冰冷外太空，看到了那可悲的藍色小球正在巨大的火球周邊繞圈。然後，思緒繼續飄飛，一切都成了空荒宇宙裡的不動斑點。要是某人從夠高的地方俯瞰，所有物體都具有相同形貌——全是以複雜形式所組構而成的分子圖，無論它是一塊隨機穿越銀河系的花崗岩，還是歷史上的某人在某個時點組成某種人類感情的某塊血泵肌肉。

音樂停止。

不需要聽下一首了，那首曲子緩慢又惱人。要是換作其他日子，他一定會關掉音樂，立刻起身度過剩下的夜晚時光。但也許是因為散步的疲憊，又或者是坐在扶手椅裡的舒暢感，還有隨身聽已經滑落在地板上，他發現自己已經浸淫在協奏曲的下一個段落之中，他已經許久不曾聆聽的那一段柔和、充滿魅惑又感性的樂曲。

等到他醒來的時候，身旁的隨身聽早已停止播放。播到一半的時候，電池就沒電了，但他的夢中依然聽到樂聲。他身體沉重，當他伸手撫臉的時候，感受到一陣濕。

他在冒汗——不，他不是在冒汗。

他陷入驚駭，原來是淚痕。他睡著的時候掉了一滴淚，他萬萬不想要看到自己這種模樣。不過，他的手指已經觸碰到了這股可怕的鹹意，他好不容易才拉開的珍貴距離消失了，宛若相機的閃光燈一閃而逝。而這個待在扶手椅裡的複雜而隨機的體系也開始瓦解，取而代之的是坐在百葉窗全部關閉的公寓裡、某個孤單哀傷的男人。

都是因為她。

他今天不過就是照常外出散步而已，在辦公室坐了一整天，他需要好好活動一下關節。會計並不是那種需要耗費大量體力的工作，他喜歡好好照顧自己的身體——五公里的快走早已成了他的固定習慣。

一開始的時候，他是在遠處看到她。她從某棟建物出來，雙肩下垂顯得有些垂喪，倒也沒什麼特殊之處。他加快腳步，他與她之間的距離越來越小，而她那纖細、貌似脆弱的背脊似乎也變得越來越瘦小。她走到了建物邊角，右轉。當他經過她身邊的時候，他瞄了一下，看到她淚流滿面，癱坐在地，整個人已然崩潰。

艾迪．列維看到年輕女生哭泣也不是第一次了。畢竟，在進化的過程當中，女人已經變成動不動就掉淚的生物。不過，就在那一瞬間發生了變化，她想要透過雙眼釋放全身情緒的那種方式，觸動了他心中被遺忘的某些真相，讓他放慢腳步。

他一度動念，真的動了這個念頭，想要走到她身邊，詢問她是否還好。

但他立刻恢復理智，繼續往前走拉開距離，他依然聽到她在啜泣，那悲傷場景讓他大受震撼，覺得彷彿有人扯出了他的心臟，然後又把它塞回去，但位置卻上下顛倒。

好幾個禮拜以來，他一直覺得「不對勁」。他也講不出到底是怎麼回事。不過，他原本以為自己已經成功根除的那種思緒，偶爾會穿透他的防線，現在就是。

艾迪想要憑藉自己對於人體因果關係的知識，解釋自己的心悸與眼皮後方的內熱感。他告訴自己，這不是情緒緊繃，而是體內冒出了過多的體質醇。這就好比其實並沒有「樂趣」這種東西——只有多巴胺而已，每一種情需都有化學名稱與組成元素。

他望向面前的長排書架。

一排又一排的書，涵蓋了幾乎所有的科學議題。宇宙學、物理學、生物學、神經學。你們應該要成為我的定錨，應該要把陷在這種荒唐情境的我拯救出去。

就在幾天之前，他的書架必須抵抗某個在馬路上爆胎、想要打電話叫拖車的男子。對方沒有手機，宣稱自己痛恨這種設備。可不可以借個電話？只需要花一分鐘就夠了。

艾迪在心裡發出了第一千次的訐譙，自己幹嘛住在一樓。對，當然，有何不可？電話就在那裡。

正當這傢伙準備要離開的時候——他是個瘦子，近乎透明，還有想必年少時曾經遭遇霸凌的一雙眼眸——突然，他開始端詳這些層架，詢問為什麼沒有散文或詩集？艾迪說他沒這個需要，他感興趣的是這世界的真相。

這個自稱為「詩人」的男子，開始大談各種有關愛與文化的愚蠢事物，還有「人類發現自我之真相」並不只是靠科學而已。艾迪根本沒讓他說完，直接拋出一堆事實，儼然像是朝對方提桶潑水。

艾迪對他說，經過足夠的研究之後，這世界的科學繁複性與情感層次的空乏已經全然盡顯。我們完全不能予以忽視。為了真相，寶貴又明確的真相，我們必須要放棄許多貌似可愛的觀點。比方說，人類喜愛自己的小孩，因為在演化過程當中，歷經多年的精細調校，我們發現熱愛子女的這種特徵，可以幫助人類存活。大眼睛、小臉——這是為了撩起我們保護欲的蒙蔽計畫裡的一部分。厲害嗎？也許吧，令人激動？其實沒有。情愛其實是經過包裝的性吸引力；宗教是為了撫慰人心而發明的產物，因為他們覺得自己被自然所威脅；恐懼是一種生存機制；貪婪是一種社會習慣，要是缺少了這個，人類就會退化為被動的存在；尋找意義是為了擁有自我意識的代價，而且一定終告失敗。一層又一層的系統，都在引導我們消化食物把它們變成廢渣，又或者引發我們

（他指向自己的訪客）將自己定義為「詩人」，並以為它會讓一切變得有所不同。

等到你習慣之後，它就會變得越來越實用。你不會因為另一個人的扁桃腺問題而傷心，或者，當某人對你的費洛蒙完全沒有興趣而對你置之不理的時候，也不會因此而崩潰。重點是在一段毫無意義的生命歷程之中，你不可能失敗。我們之所以努力生存，純粹就是因為我們在努力生存。而其他的部分都只是心靈裝飾品與自我說服而已。那位詩人——其實，艾迪根本連他的名字都記不住——對他投以奇異目光之後，上了他的車，等待拖車救援。

不過，這些書現在都沒辦法保護他了。剎那之間，他想要憤憤攻擊書架，把所有的書全都丟到地上，讓它們承受最大的苦痛。他想要徹底發洩那心碎年輕女子所引發的挫敗感。她在他世界觀的牆面上挖出缺口，加劇了某種無人明瞭的孤寂。他想要把它們都扔到地上，然後站在這些死寂的書頁之間，宛若站在沉船裡的船長一樣。

但他不會這麼做，當然，他不是那樣的人。

他走進廚房，關門，坐在小小的餐桌前。

老舊的紅色茶巾，一壺沒剩下多少的咖啡，一張白紙與藍色的筆正等著他。白紙上頭有他以整齊筆跡寫下的購物清單，這是他每週去超市時的必買物品。

人類就是一坨坨的數字，如此而已。身高、年紀、血壓、反應速度、脈搏、細胞數目。一切都可以拿來測量，所有的一切。每個揪心旋律的背後是數學；特技演員令人屏息的每一次跳躍的背後都是物理；每一次的心碎背後都是化學。現在，也不知道為什麼，她的傷悲以某種詭奇、飄渺太虛的狀態在他腦中不斷迴盪——真的，十分莫名其妙。

他拿起筆，開始在角落畫小方框，宛若某個不想在課堂裡被打擾的小孩一樣。不過，這一招並沒有用，半個小時之後，他發現坐在餐桌前的自己，居然一臉驚愕盯著那白紙。

他面前的那張紙出現了十行字。

右上角列出了三行講究的工整字體，糖、紙巾、洗衣精。然後，左側出現了另外七行字——歪七扭八，筆觸輕快，到處都是刪改的痕跡——他企圖想要以字句刻畫某種強烈情感層次的狀態。

他心想：哦天啊。

我剛剛在寫詩。

艾迪抓了那張紙，立刻把它緊揉成一團，丟入垃圾桶。

他對於先前做了些什麼完全沒有記憶，彷彿有某人控制了他的身體，思索不屬於他的思緒，感受到他從來不曾感受到的事物，而且寫下這首他媽的詩，他根本看不懂，或者是完全不想看懂。

他不需要這種充滿藝術感的缺陷，他只會嗤之以鼻，而且一直如此。不過就是因為看到了街角的某名脆弱女子，讓他心中一驚而開始寫詩，他可是萬萬不願如此。

他決定上床睡覺，一早醒來又是新的一天。這些無聊的東西會再度沉落他的潛意識，當他醒來面對世界的時候，他又會變成自己所選擇的那個人。

他躺在床上，生自己的悶氣，突然之間，一道思緒閃過，到底是什麼搞得他這麼心煩，終於豁然開朗，而他也不能閃避了。

這股由內而生的感覺，就像他剛才創造的那些鬼東西一樣，來得莫名其妙。這與他生命中的其他部分截然不同，他覺得那些是同一種基本材料不斷重複的組合，只是秩序不同罷了。但這股感受卻純粹是出於內心深處，某種全新、前所未有的陌生回應。

他告訴自己，不要再想下去了，這根本是鬼扯。這世界上沒有靈魂，除了生物的複雜構造之外什麼都沒有。

沒有？那這又是什麼？

過往自我的數千碎片陷入驚駭，立刻衝往缺口填補，以免釀災。絕對不能發生那樣的事。

因為，要是真的發生的話，他會仔細檢視自己的人生，認為它是某種錯誤。他會回首，面對自己所做下的每一個選擇，恐慌至極。他的人生觀如此明確——要是裡面出現了隙縫或是問號，那麼就會證明他虛擲了大量時光，多年來不斷錯失機會，還是乾脆繼續下去就好。喂，現在不要改變，千萬不要！

人類只會因為危機而改變，而不是因為成長。要是你出現了改變，那就表示陷入了危機，絕對不能淪落至此。

不過，在他的內心深處，所有焦慮的科學碎片不斷打轉的底部，他的靈魂在街道中歇斯底里尖叫。他已經知道自己並不明白，落入無人能夠解決的雞生蛋還是蛋生雞的問題：到底是世界觀塑造了人格？還是反之而行？他知道只要自己想要的話，可以把它當成某種複雜幻象，然後置之不理，但他也可以向內心屈服，也許，他自己的內在，真的只是也許而已，不只是一套因果體系而已。更糟糕的是，他發現自己永遠沒有辦法拿真理的剃刀割開現實獲得答案。這是他有生以來的第一次，也不知道為什麼，真正的恐懼轉化為狂喜，他終於接受了事實，無論他怎麼努力，他不能以優雅與客觀的方式、以外在的角度看待現實，而只能從內在出發，深沉、極為深沉的內在。

透過百葉窗的隙縫，艾迪．列維看到了月亮。現在他可以在兩種視角之間來回切換。其中之一是把它當成了外太空軌道裡的某顆巨大石頭，外層覆蓋了許多不幸小行星的碎片；而在另一種視角下，那是戀人把頭擱在你肩上、閉上雙眼時的背景。

他下床，走進廚房。

某些狀況下的屈服，會讓你的心中充滿了甜蜜感。或者，他純粹就是瘋了。好，那又怎樣？反正就是如此。

他拿起垃圾桶裡那張皺巴巴的紙團，把它打開，拚命再把它弄成一張完整的紙。

他根本沒看自己先前寫下的詩，反而把那張紙翻過來，開始動手寫第二首詩。紙面滿是墨跡，他的面前出現了另一條通往森林的路徑。

11

蓋伊根據昨天信封裡的指示，提前五分鐘到達現場。現在還很早，車流才剛開始出現，但它想要阻斷這座城市暢通的意圖已十分明顯，彷彿純粹就是要展現自己的能耐似的。在馬路的另一頭，某個雙眼惺忪的女店員正在打理櫥窗，她拚命想要把某個背景有個紅色大箭頭、寫有「降！降價！大降價！」的牌子掛上去。距離她不遠的地方，就在十字路口那裡，有名警察必須在那裡指揮交通，因為有某個交通號誌故障了。不意外，街道慢慢擠滿了人車噪音，還有一個焦心的巧合製造師。

他想要知道接下來到底會發生什麼事，但是那句什麼打爆你的頭的奇怪話語似乎與所有的可能指示都無關。身旁的那條馬路繼續進行例常活動，而他站在那裡等待徵兆或線索出現——好，還剩下多少時間？兩分鐘。

昨天與愛蜜莉的聚會，最後是一片死寂收場。他並沒有說出腦中閃逝而過的那些話，而她也沒能回以自己真正想說的話。她離開之後，他進去淋浴間洗了一個小時的澡，心思空茫但激動難平，我希望我愛妳，但我辦不到，那個位置已經有人了。

他早就知道遲早會有這一天。在上課的時候，他們就已經開始跳起這種複雜的雙人舞，她暗示頻頻，彷彿是無心的動作，對於這種關心的小型子彈，他拚命閃躲，就是為了要能夠維持兩人的關係。他告訴自己，她只需要認識其他男人就好了，她現在只認識我與艾瑞克，只要一有新對象進入她的生活之中，她就能夠走出陰霾，反正繼續努力就是了。

因為，事情就是如此：有的女人就只能當好友，是不是？你永遠不可能愛上她們，因為她們不會在你心中留下迴響，當她們離開之後，也不會讓你有依戀不捨的感覺。對，愛蜜莉與那個能夠讀透他心思的人十分接近。她可以讓他開懷大笑；當他在課堂中必須學習數百份可能事件與回應的列表時，她一直給他依靠；當他企圖製造巧合但卻因為不知道錯算了什麼而嚴重出包、需要傾吐心情的時候，她是他的聆聽者。好，那又怎樣？他夜有所夢的對象並不是她，她不會讓他神魂顛倒，也不會讓他為之一顫；他不會因為她而不時中斷思緒；他不會與她一起翱翔。

而且，他內心深處有另一個微弱的聲音，又多加了一個小小重點：她不是卡珊卓拉。

他傾向維持目前這種狀況，因為他早已習慣了。他知道自己的行為像是個神經質的悲劇英雄，但有些事情就是無法解釋，而且，其中之一就是，他知道這種事絕對不可能再次上演。這也沒那麼慘，所以為什麼另外一個人無法接受？

他心想，少來煩我。

而且為什麼要現在？

下次他們相見的時候又會發生什麼事？

他們還能夠守住那一層曾是友誼的薄罩嗎？

當然，艾瑞克一定會發現，他總是注意一切細節，將會對這件事大做文章。截至目前為止都很單純，她為什麼要把事情搞得如此複雜？

好，夠了，要專心，再過半分鐘，會面就要開始了，他該如何是好？

好，好吧，我們就回到基本原則。

有時候，他必須提醒自己，要成為巧合製造師，最終需要知道的也就不過只有那幾件簡單的要項而已，其他的都是細節。重點是要放眼大格局，找尋別人看不見的脈絡，要比現實早先一步行動，猜測事發之前會有什麼狀況。

將軍在教導他們每一條規則的時候，都會結合某張特殊照片，讓他在闡述規則時，在他們心中烙下印記的影像。也不知道為什麼，這一招真的有效。蓋伊的腦袋裡充滿了各種畫面，包括了大猩猩在懸崖上方滾大桶、穿睡衣的侏儒在綁一團團的蕨類植物、無頭特技演員在巧克力吊架上伸展肢體，當然，還有撞球，將軍超喜歡以撞球解釋原理。

這世界上鮮少會有第一堂的地點位於燈光昏暗的斯諾克撞球俱樂部。不過，他後來才明白，在將軍的指導之下，也不可能會在其他地方上這堂課。

那一晚，將軍挑選的小酒吧相當空蕩，兩個年輕人在角落玩撞球，他們有時專注凝神、全身緊繃趴在球台前，有時則是展現出某種淡漠又自在的姿態，手指以某個角度夾住冰啤酒瓶晃蕩著，雙眼盯著綠氈布的撞球分布位置。有一對夫妻坐在吧檯，會面的方式很安靜，沉默與大眼瞪小眼的時間超過了具有真正重量的話語。他們原先期待能仰賴的是某個可以人擠人的地方，讓他們可以自然融入其中，一起重新回憶，經過這麼久之後「出來約會」的感覺。但現在，他們被迫要展開真正的互動——閒聊、內涵、細膩的表情、所有的一切。而角落裡的那個男人，手裡拿著菸盒裡的倒數第二根香菸，表情放空，臉上有四天又三小時未刮的鬍子。那是他的老位置，總是窩在那裡抽菸，因為他也沒別的地方可去。那對小眼並沒有特別注意哪個地方，而沒有拿菸的那隻手則放在大腿上，就與他的雙眸一樣淡漠，不過，看得出指甲有一點啃過的痕跡。

將軍把九顆球緊排為鑽石狀，放在球台的標準位置，他根本懶得抬頭，直接伸手。「給我球桿。」

艾瑞克趕忙把球桿交給他，將軍接下，專注與歡樂的雙眸，瞄向了撞球。他繞著球台走動，把母球放在適當位置，流暢自然的一個動作，下腰，瞄了好幾秒。

「那我們就開始吧，四號球進右上方底袋。」說完之後，猛擊白色母球，撞開所有的色球，宛若一群驚弓之鳥到處四散，還有些跳出了邊框。紫色的四號球，緩緩滾動，終於安然進入他們右上方的袋口。

將軍站得直挺挺，望著站在撞球台邊的他們。

「好，」他開口，「你們以為自己已經知道我要講什麼了。你們一定覺得我要解釋作用力與反作用力，提到牛頓原理、羅倫佐的吸引者法則，還有里特伍德定律、運算結果的各種方法，以及利用這張球台當作某種隱喻。不過，隱喻是狗屎，你絕對不可能找到可以成為彼此真正隱喻的兩個東西。要是有兩個東西能成為彼此的完美隱喻，那麼它們其實就是同一件事，這個宇宙不需要忍受累贅。」

他沿著球台右側移動，站在蓋伊身邊。「小子，可否讓一下？」蓋伊立刻閃開，將軍放置球桿，開始瞄準。「總是這樣，」他說道，「隱喻之中總是會有某個部分與原始想法抵觸，反之亦然。所以，沒錯，運用撞球互擊作為一種事件相互影響的隱喻，是有其可能，但也有一些截然不同的基本事項。現在會發生什麼事？蓋伊？」

蓋伊嚇了一跳，「什麼？」

「早安，你終於醒了。」將軍開口，「看到你和我們在一起真是太好了。在你刷牙與喝早晨的第一杯咖啡之前──告訴我，現在會發生什麼事？」

「你的意思是球台？這些球嗎？」

「我的意思是『現在發生了什麼事』。」

「我……這個……」蓋伊立刻看了一下球台，想要了解這些球之間的制衡關係，還有將軍出桿之後會對它們所造成的影響。「我想你會選定黃球，然後黃球撞橘球，差不多就可以把它敲入另一邊的中袋。」

將軍撞白球、碰黃球，它略微帶旋往前，撞橘球，以曲線方式進入另一側的中袋。

「在接下來的課程當中，我會給你們一點提示，」他說道，「我個人並不偏好『差不多』這種玩法。」

他走到球台的另一側。

「還有，不要再講什麼『橘球啊黃球啊』，這是九號球的球台，球面上有數字當然有其原因。我只想要聽到『五號球進入另一側中袋』這種話。所以，這是撞球與真實生活的第一個差異：如果你想要預測下一個動作會發生什麼事，那麼你就會在撞球中發現，隨著時間推進，預測也變得越來越簡單。球越少，會發生的事件也越少，此外，還有相當清楚的規則。你可以打某些球，但其他球則在禁止之列。在這場遊戲當中，你一直玩下去，就會簡化為了要解釋事件本身所需的物理數據。我提醒各位：身為巧合製造師，目標就是要發覺要打哪一顆球，要怎麼打，落入哪一個袋；不過，在真實生活中，不會有元素消失，問題也無法簡化。當你們在策動某項行為的時候，反而會讓狀況變得更為複雜，如果你們真有那能耐的話。」他在球台前彎身，「愛蜜莉，現在會發生什麼事？」

愛蜜莉差不多準備好了，差不多。

「一號球撞六號球，然後會碰到旁邊那一顆，它接下來會撞到對面的台邊，然後，嗯，然後，會輕輕碰到紅球，也就是三號球，它會慢慢滑進——」

「太久了。現在會發生什麼事？」

「三顆球互撞，然後……」

「拖得真久，現在會發生什麼事？」

愛蜜莉深呼吸，「三號球進底袋。」

將軍以母球撞六號球，然後它撞到了旁邊那顆球，向左方稍微跳飛了一點。最後，是六號球進入底袋，而不是愛蜜莉預測的那一顆，她臉色鐵青。

「這是第二個不同，」將軍說道，「在現實生活當中，沒有『理論』。全球有七十億人口隨時在敲桿，要是你們發現到有多少的其他現實元素息息相關，同時還對我們造成影響，一定會嚇一大跳，字詞、思維、信仰，以及恐懼。而且，我們還沒有開始討論自己周邊的那些物體。艾瑞克，現在會發生什麼事？」

「好吧，」艾瑞克深呼吸，盯著球台。「一號球碰九號球，九號球撞三號球，然後三號球撞擊台邊，最後落在靠近我們的中袋。」

將軍灰心搖頭，「你的假設是根據我所站的位置，而不是根據這些球。」他繞過球台，彎身，完全沒有瞄準，將母球推向一號球，它直接飛到了對面的袋口，將軍說道，「太多的基本假設，導致計算錯誤。」

「這些球並不在乎，」將軍靠在他的球桿旁邊，繼續說道，「它們不在乎要落在哪一個球袋，也不在乎自己承受的力道有多重。你絕對不會因為七號球比六號球早入袋、看到六號球的時候覺得它有哪裡不對勁。要是哪顆球自己窩在角落，你也不會看到它哭泣。當你要是不在乎，安排事件就變得容易多了。不過，你製造巧合事件裡的那些主角可能會讓你心碎。有時候，要是你不學著刻薄一點，就無法理解偶爾必須要對某人稍微當頭棒喝一下，才能把他們導引到正確方向，要是你沒有辦法從當下的情境抽離出來——你就沒有辦法製造巧合了。但反過來說，要是你毫不在意，要是你開始把這個世界設定為自己的遊樂場，那麼，你就會是更糟糕的巧合製造師。你永遠必須面對人類，這種愚蠢無用的物種也許不符我們的期待，但他們畢竟是我們工作的對象，他們的角色之一就是重造自己，而且這是他們理所應得的待遇。好，蓋伊？」

「二號球撞七號球，七號入底袋。」

將軍在球台前彎身，出桿，七號球落入底袋。

艾瑞克讚美，「厲害。」

蓋伊微笑回道，「謝謝。」

將軍說道，「安靜一點，我們還沒結束。」

愛蜜莉開口，「三號球進右側底袋。」

「妳有點太快了吧，是不是？」將軍問道，「而且妳也搞錯了。」

愛蜜莉再次望著球台，「那就二號球進內側左邊底袋。不過一定得很準，因為你還需要——」

將軍回她，「又錯了。」

「九號球？右底袋？這樣不是太遠了嗎？而且它還在三號球的後面，所以——」

「不是九號球。」

愛蜜莉搖頭，一臉不可置信。「八號？那顆黑球？但你只能在最後打那一顆啊。」

將軍彎身，抬高球桿。「這是在玩九號球，不是八號球，妳根據錯誤的規則而做出結論。」

他把八號球送入中袋，看著噘嘴的愛蜜莉。「的確，這些球的運作方式都是我們熟悉的通則——但面對人的時候更加複雜，因為人們為自己訂立的規則更加隱晦詭奇。習俗、莫名其妙的餐桌禮儀、社會的成俗規約之類啊什麼的。而且，還不只如此，要是某人不願意讓盤子裡的肉碰到豌豆、為了確定是否有鎖門檢查五十次之多，或是粗魯拒絕每一個剛認識的年輕美眉都是因為自己欠缺安全感——你都必須要事先知道。在你們體系裡的每一顆球都有一套自己的獨立規則世界，你們必須要諳熟所有的規則，處理所有面向。」

球台上還留有三顆球，二號藍球、三號紅球，還有黃白相間的九號球。

「好，」將軍說道，「現在誰要發表預測？」

艾瑞克小心翼翼舉手。

將軍說道，「小丑來搞笑了。」

艾瑞克說道，「左上角的二號球。」

將軍回他，「再仔細想一想。」

「但你必須先撞二號球，」艾瑞克說道，「而你要是這麼處理的話，就不可能撞另外兩顆球，因為它們在相反方向。」

將軍回他，「我想要讓三號球進右下角底袋。」

艾瑞克以眼角餘光瞄他，「不可能……」他口氣猶疑，「那顆紅球——也就是三號球——與其他兩顆球的位置相反。你必須先打二號球，因為數字最小。」

蓋伊開口，「除非你想違反規則。」

將軍陷入沉思，繞著球台走動。

「我沒想到你會說出這種答案，」他對蓋伊說道，「創意思維不是你的強項。」

「但你打算這麼做吧，是不是？」

「我當然可以這樣，」將軍回他，「但我不需要。」

蓋伊問道，「但要是你必須這麼做呢？」

「違規？」

「對。」

「這得視狀況而定，」將軍說道，「有些規則可以違反，有些不行。某些狀況下必須由你的主角決定是否要打破規則，但其他狀況的規則卻不是如此。某些規律確實存在，但也有僅僅存乎你心的規則。想要知道你是否能打破某條規則，首先要釐清一些事。你想要一試？」

蓋伊思索了一會兒，終於開口問道，「可以嗎？」

將軍發出短促乾笑，更像是某種身分認同危機的咳聲。

「可以，我早就猜到你會有這種反應。當你準備要打破規則的時候，你會希望先得到允許。」

將軍走向蓋伊，盯著他的雙眸。

「先確定你想要打破什麼規則，然後直接做出決定就是了，」他說道，「你的大部分規則都只是為了保護自己，打破這類的規則需要勇氣，而打破其他的規則就純粹是懶惰罷了。」

他拿起球桿，雙手奮力往下一擊，以粗厚的那一頭撞母球。它飛向空中，落地的時候撞到二號球，它反跳到對面，撞到了三號球，最後讓三號球進入了右下角的底袋。

「漂亮。」將軍說道，「愛蜜莉，妳應該知道接下來會發生什麼事了。」

愛蜜莉的語氣平淡，「二號球進左上角底袋。」

將軍以合適的角度把球桿放在球台，「哦，妳的語氣聽起來不是很興奮嘛。」

愛蜜莉回他，「簡單。」

「什麼意思？」

「意思就是我前面失敗了兩題，你接下來要給我簡單的題目，讓我可以舒坦一點。所以就謝謝了，但你做得太明顯了。」

將軍問道，「因為它比較簡單，自然就沒那麼重要了，對嗎？」

她回道，「對我來說是這樣沒錯。」

將軍問道，「對二號球來說呢？」

愛蜜莉雙手插在口袋裡，「什麼意思？」

「我的意思是，恕我直言，要是妳把自己執行的巧合任務，依照顯現在妳面前的難度抑或是讓妳自我感覺良好的程度來進行分類，那麼妳會忘記真正的重點其實是妳在他人生活之中所引發的改變，而且，妳將會進入不知孰重孰輕的困惑階段。妳花了五分鐘就搞定的巧合，讓某對情侶陷入熱戀，他們的熱情與結局就與妳花了六個月才完成的戀愛巧合事件完全一樣。但要是妳忽視了這種容易操作的簡單巧合，顯見妳並不在乎自己的工作，妳在意的是它對妳所形塑的樣貌。」

他在球台前彎身，迅速出桿，二號球進入左上角底袋。

將軍站直身體，四處張望，差點藏不住半笑神情。

球台上還剩下面對面的兩顆球，其中一顆是白色母球。

「現在會發生什麼事？」

愛蜜莉說道，「九號球入右上角底袋。」

蓋伊開口，「左上角底袋。」

艾瑞克說道，「它會撞邊框，飛入內側右下角底袋。」

將軍靠在球台，開始瞄準。

「現在會發生的事呢，」他說道，「就是坐在吧檯的那對夫妻馬上會接吻。」

他們轉向吧檯方向，看到那對夫妻的頭越靠越近，緩慢而遲疑。此時發出了撞球碰擊聲響，夫妻接吻。

「也許這是最重要的事，」當他們又轉頭看著將軍的時候，他開口說道，「格局永遠比你們想像的更龐大，在你們關注的體系之外永遠會有其他事件，切記這一點。沒有明確的界線，生命不會停駐在桌緣，而且你們會落入的洞口也絕對不止六個，人外有人，天外有天，永遠，永永遠遠。」

愛蜜莉本想要問話，但覺得還是不要，再等等吧。

「最後一個問題，」將軍說道，「九號球最後落入哪一個袋？」

大家一片沉默，沒有人注意到這件事。

「好好記下你們的第一個也是最後一個失誤，」將軍把球桿放在球台，「我就直話直說了，想要著眼更龐大的格局，就必須從頭盯到尾，不能漏掉最後的環節。你們要開始養成習慣，必須要注意的事項遠超乎你的預期。」

摘錄自《給初學者的幸福理論》——序言

就算我們把時間僅僅限定在過去這五百年，也無法在這麼短的序言篇幅當中完整簡述幸福學的發展歷程。不過，我們會盡量講述幾個重點，各位可以在附錄的參考書目中找到更多的細節。我們特別推薦《第一個千年之幸福模組發展》、《過去千年之幸福模組發展》，以及《給初學者的幸福理論》——作者都是理論家約翰．庫奇。

探索幸福的古典時代之重點，主要是企圖發展出某個能夠涵蓋主要特色的單一基本公式。

比方說，根據沃坦的理論，幸福永遠是個人幸福潛能、個體想望和實際擁有之差值的反比。

$$H = p / (w-h)$$

這裡的H是一般幸福，p是個人幸福潛能（在某些專業文獻中的縮寫為php），w代表的是想望，而h代表的是實際之擁有。

沃坦主張個人幸福之最大值端賴於個體的個人幸福潛能，而想望與實際擁有之差值越小，一般幸福的產值就越大。因此，有兩種方法可以得到幸福的最大值：降低w（定義為「降低期待值」

或是「低期待」），不然就是增加h（定義為「野心」或是「運氣」，依據不同學派而定）。

沃坦公式的主要問題

範圍的問題：若某人擁有自己想望的一切之烏托邦情況，則無法以此一公式進行定義，不然就會出現無限大的幸福值。

負值的問題：若某人實際之擁有超過了想望，將會被定義為負值，這是一大嚴重問題。

自體影響的問題：反對沃坦公式的最大爭點是由穆瑞爾・法博里克所提出，她在自己的著作《加碼植入》中已經闡釋了這一點，要是p真的存在，那麼它本身一定也會受到w與h的影響，造成沃坦定律成了非線性方程式，依照現存的工具完全無解。

法博里克的公式

法博里克也證明了不可能定義w與h的標準測量單位，有時候，就連同一個人自己也會使用不同的測量單位。不過，大部分批評法博里克的論點都認為她的公式只是沃坦公式的變體版。一開始的時候，法博里克把幸福當成了某種相對性的主體，測量的方式是其他相對因素——通常是別人的幸福。不過，當她的人生即將進入尾聲的時候，她推出了一個新公式，將幸福描繪為喜悅或個人滿足感乘以意義（或是相對意義的幻象）的平方。

$$H=pm^2$$

這項公式創造出另一個思考脈絡，看待幸福的方式不再是利益與損失，反而強調的是它的主觀性特質。

喬治・喬治的不確定性原則

冰島理論家喬治・喬治認為，若要檢視沃坦的諸多古典特色，不可能在不影響其價值的狀況下評估其質量。其實，無論是沃坦的單面向幸福或是法博里克的多面向幸福，如果不對幸福進行改造，根本無法進行評估。

喬治・喬治所點出的問題依然被重要學者劃為「喬治的不確定原則」，而文獻資料有時也會稱它為「自我分析的問題」。

幸福的後現代方法

幸福科學的危機變得越來越嚴重，強納森・菲克斯提出異議，認為一代代學者所列出的所有公式檢視的其實是「滿足」的概念，而不是「幸福」，這個領域也幾乎走到了死胡同。這項重大論點造成企圖量化的研究者必須要重新定義幸福之本質。

因此，後現代方法也隨之興起。這種方式想要擺脫古典理論為了定義問題而提供的各種解方，保羅・麥可亞瑟將幸福定義為「人類純粹想要的事物，如此而已」，藉此奠定了此一方法的基礎。

這就與其他領域一樣，從幸福的古典定義過渡到現代定義，然後推進到後現代，對於全球巧合製造師產生了決定性的影響。

12

某名單車騎士從蓋伊身旁飛掠而過，車輪發出了呼呼微聲，他突然恍然大悟。

你是巧合製造師，所以你覺得自己到底是在等什麼？

你覺得到了指定時間，就會有人跑過來提醒你？還是會有輛超炫汽車停在你身邊，打開車窗？或是直升機在上方盤旋，將公告空投而下？

不可能，這樣就太招搖了。

你應該是注意細膩差異、看出幽微關聯的那個人。要是這封信指名要給你，也就是說，在信中的指定時間到達這裡之後，一定會出現只有受過你這種訓練的人才能發現的線索。

在他的前生當中，這一切發生之前，他曾經對卡珊卓拉說過這句話，「我希望自己的表現夠格。」

「萬一不是呢？」

他沉默了一會兒，開口回道，「那我一定會大失所望。」

「我倒是覺得你要是對自己失望的話，那麼你就心滿意足了，」她語氣平靜，「因為這就進一步支持了你的結論，強化你對於自己的負面觀感，你不夠格，然後開始對自己生氣，因為做得不夠。」

他沒有回答，他不確定在別人比自己更了解自己的狀況下是否可以動怒。

「懶鬼。」她笑笑唸了他一句，讓他心中盈滿暖意。

他抬頭，開始以巧合製造師的角度仔細端詳街道。有個專心在聽iPhone的牙套妹正在走路，再過幾秒鐘，就會撞到那個辮子頭年輕人；在公車站打盹的老太太等一下就會錯過了她的那輛公車；站在自家店面門口的那位理髮師，盯著來往行人，忘了店內的水龍頭還在嘩啦啦流著水……

對街的那棟建物有五扇窗是打開的，有人站在其中一扇窗前面，俯瞰街道。

有根半熄的香菸被丟到人行道邊緣。

某輛經過的車，油門發出了卡頓聲響。

然後，出現了。

果然就在指定的時間，剛剛好的那一秒，他看到了。宛若他腦中的相機喀嚓一聲，突然拍下了詳細的街景。

那名年輕女店員應該要掛在展示櫥窗的牌子還是沒有掛上去，不過，現在它被放置在她身邊的位置，箭頭指向右方。

十字路口警察的雙臂也在這時候舉高，方向完全一致。而失去平衡的辮子頭男生，在重新取得平衡的那一小段舞蹈之中也向東揚起手臂。

理髮師也看向右方，就是那根半熄香菸落地後的同一個方向。

而且在上方，高高的空中，有一群鳥排成了箭頭狀在飛行，完全一樣的方向。

他轉身跑了起來。

現在呢？

現在呢？

蓋伊沿著馬路往前跑，尋找下一個線索。

他現在該去哪裡？

還有，到底是從什麼時候開始，必須以這種方式對他指派任務？

他繼續跑，看到街道底端有一處計程車招呼站。車門開了，出來的是一個盛裝的高䠷女子，戴的耳環極盡奢華之能事。對，他決定了，時機剛剛好。

三步，兩步，一步。

他對司機大吼，「開車！」

司機慢吞吞地面向他，「啊，去哪裡？」

蓋伊忙著四處張望，他看到一輛藍色的車從右側的某個停車場出來，他朝它一指。「跟著那輛車！」

司機盯了他好一會兒，然後又回頭看著方向盤，開口說道，「還真少聽到客人這麼說。」

「開車！」

他們跟蹤那輛車跟了十五分鐘，然後，蓋伊發現隔壁車道有三輛公車，車身廣告一模一樣：是該改變的時候了，櫻桃口味纖體冰茶。

「是該改變的時候了，」他喃喃說道，「好，」他指向左線道的某輛紅色三菱汽車，「現在跟蹤那輛車。」

司機聳肩，「反正浪費的是你的錢。」

過了幾分鐘之後，紅車停在某個看海的小型瞭望台旁。駕駛下車，緩緩拾級而上，站在護欄旁邊，點菸。

蓋伊立刻付錢給計程車司機，對方盯著他，依然好奇不已。「可不可以讓我看一下你現在要幹嘛？」

「不行，你開走就是了。」

司機嘆氣，流露失望神情。「好吧，老弟，那就祝你有個美好的一天。」

「你也是。」

瞭望台揚起一陣宜人晨風。

有兩個人站在護欄那裡。紅色三菱的車主，他正在抽菸，凝望風景，還有一名高瘦男子戴著小小的耳機聽音樂，細鬚下方的嘴巴跟著低聲哼唱。

蓋伊走過去，站在抽菸男身邊，清了一下喉嚨。

抽菸男又抽了一小口菸，瞄了他一眼。

蓋伊也回盯著他。

抽菸男面容抽搐了一下，也望著他。

蓋伊一直盯著他不放，耐心等待。

吸菸男側頭，一臉疑問。

對方終於開口問道，「有什麼需要我效勞的地方嗎？」

「我是蓋伊。」

吸菸男沉默了一會兒，然後丟掉香菸，以鞋跟捻熄。

「真的嗎？」

蓋伊回道，「真的。」

對方瞄了他最後一眼，轉身，走向自己的停車處，喃喃自語，「這世界上瘋子還真多。」他上了車，發動，揚長而去。

蓋伊聽到後方的那名細鬚男問道，「你是怎麼了？大家來這裡不過就是圖個幾分鐘清靜，可不可以不要打擾他們？」

蓋伊本想道歉，但卻收口。

他直視鬍鬚男的雙眸，「不知道可不可以，嗯，打爆你的頭？」

鬍鬚男轉向他。

接下來，鬍鬚向上一揚，底下的雙唇彎成了一抹微笑。

13

皮耶自我介紹，他是第五級的巧合製造師。

蓋伊立刻就明白這種說法的含義。皮耶是「黑帽」——專門負責會引發廣泛影響的超複雜巧合。由「黑帽」安排的巧合，乍看之下都很嚇人，但它們都蘊含了其他巧合與必要結果的種子。他們要處理疾病、悲劇、可怕意外，還有一定要過了數十年之後、世界被改善了之後，大家才終於了解的那些事物——甚至到了那個時候，大家也未必搞得懂。

黑帽受到大家的敬重，但他們是獨行俠。他們的任務不能有任何瑕疵，只有負責全人類歷史進程的第六級巧合製造師的工作準確度，能夠與其比擬。從另外一方面來看，有誰會想要與能夠正向改變現實，成果卻在遙遠未來才能顯現的那些人做朋友？「黑帽」之所以會贏得這樣的稱號，不只是因為他們近乎是隱形人、操弄現實的細線完全不會引發注意，而且，也是因為他們的工作十分暗黑。就算有正當理由，也沒有人想要成為悲劇製造者。

他們坐在距離相遇瞭望台不遠的某間小咖啡店。

皮耶身材高瘦，下巴與鼻子角度嶙峋，宛若是工程師畫出的線條一樣，還有他的細鬚，只要他微笑或是說話的時候就會跟著舞動，為他的上唇平添風采。他身穿黑西裝，袖扣的形狀是蓋伊並不認識的某個外國字母，下搭黑色襪子，還有價值五百美金的鞋子。

皮耶是紳士，或者，望之有紳士風範對他來說很重要。蓋伊提醒自己，其實這兩件事是一樣的意思。

卡珊卓拉曾經有次問過他，「你知道最美的事物是什麼嗎？」

「什麼？」

「我不知道你真正的長相，你也不知道我真實的樣子。」她稍微撫平了一下自己的裙子。

「妳這句話是什麼意思？」

「當我的女孩與你的男孩決定要幻想我們現身，我們才能在那一刻擁有視覺、聽覺、嗅覺，要是由另外一個人幻想你的模樣，當我看到你在街上的時候，我根本不知道那是你。」

「因為他們想像我們的模樣各有不同？」

「對，」她說道，「我有點渴了。」他快速吸了口氣，而她開始啜飲手中突然出現的冰涼果汁。

他思索了一會兒，「我覺得不論到哪裡、無論妳是什麼模樣，我都可以認出妳。我可以靠妳的眼神與笑聲辨識出來，這些都是不會改變的特徵。」

「我很懷疑，」她陷入沉思，「但反正我覺得很美。」

「妳是指我們無法以自己的形象現身？」

「不是這麼說，而是我們不會被自己的外貌所束縛。」

「我從來沒這麼想過。」

「我時時刻刻都覺得自己被囚禁在他們幻想的形體裡面，在這一行待了這麼久之後，早已不確定我是真正的自我，抑或是他們希望你扮演的那個人。我差點失去了自我，要是沒有人看到我真正的模樣，也許我就根本不值得讓別人看見吧？」

「妳當然有那個價值啊。」

「我們將自己外在形貌內化的程度，其實超過了我們的內在投射於外的表現，對吧？」她問道，「我也幾乎要變成那樣了。」

「後來呢？」

「我遇見了你，」她說道，「我得救了。」

他陷入沉默，侷促不安。

皮耶說道，「我們需要你。」

蓋伊問道，「我？」

「這裡還有其他的『你』嗎？」皮耶反問，「對，就是你。」

「我覺得我還不到能為你效勞的那個等級。」

「沒錯，」皮耶點點頭，「但我只需要你完成某個特殊的小型巧合，而且我收到了特殊許可，可以找一位第二級的巧合製造師幫忙、完成我的任務。」

這種狀況很常見。類似蓋伊這樣的巧合製造師不該處理皮耶這種高階人士的任務，也就是說，就連這一次的任務範疇也不是他能夠參透的事。

蓋伊以往籌劃好幾個禮拜的任務，充其量就是第五級任務的某個小細節，而蓋伊寫在一整面牆上的那些巧合，也只不過是皮耶筆記本的一頁內容而已。顯然這就是習慣以遠觀法對待現實之後的運作之道，一切環環相扣，重大事件不過是個小螺絲釘。

自己負責執行的巧合其實是某個更龐大任務的其中一部分，蓋伊很清楚，這絕不是第一次。每次只要巧合世界的主角定位含混不明，這項任務很可能就只是外包的小工程。蓋伊從來就不知道自己製造的巧合是否屬於大型任務的環節之一，但偶爾會被他猜中。不然，他怎麼會收到有這種指示的信封呢——在某個特定的時間、安排某一特定人士穿越某條指定的街道，而且還必須身穿藍色襯衫？

不過，某名第五級的巧合製造師直接與他接觸，讓蓋伊覺得很彆扭。他覺得自己並不適合這種合作方式，他連自己到底想不想參與第五級任務都不確定了。

「好，」他對皮耶說道，「你確定要找我這樣的人嗎？我最近才剛完成了第兩百五十次的巧合……」

「我知道。」

「就算你需要的是第二級的任務，我相信一定還有比我更優秀更老練的巧合製造師……」

「沒錯。」

「我倒不是說我很遜……」

「你當然不是。」

「不過，也許遇到這種狀況的時候——」

「聽我說，」皮耶身體前傾，「你充滿困惑，想要以最合適的方式講出你並不適合，但不想自認能力不足。不過，也許你應該先聽聽我要講的是什麼。」

蓋伊問道，「那到底是什麼？」

皮耶往後一靠，露出微笑。「我們就姑且稱之為『亞伯特·布朗的故事』。」

14

亞伯特．布朗出生於某個滂沱大雨的星期二，歷經了整整三十五小時的難產過程。他沒有哭，醫生必須拍打他的背部四次，他才終於不屑使用了這種嬰兒溝通法。等到嬰兒發出啼哭，醫生才告訴這位母親，她生下了一個可愛男嬰。

亞伯特是巨嬰。四點五公斤的臭臉小可愛，具有展現憂容、挑眉的特殊能力，才不過出生幾個小時，這已經成了他的明顯特徵。他父親為他取名亞伯特，並非是為了要紀念祖父或是哪位叔伯，純粹就是喜歡這名字。也許是因為這名字讓他聯想到某部電影，亞伯特母親有些抗拒，但最後還是接受了。還不到兩個月的時間，她老公就搞失蹤，留下了一筆數目可觀的債務、用過的菸斗，還有一個她不知道名字究竟從何而來的小孩。

她本來想要換掉寶寶的名字，但覺得那已經成為她深愛的那張小臉的一部分。而且她也相信命運，她擔心更名之後會害兒子日後人生走得坎坷不堪。也許，要是她早知道他的未來已經命定，她就會為他更名了。

日子慢慢過去，亞伯特慢慢長大。

是真的長成了大塊頭。

他兩歲的時候，大家都以為他四歲。

等到他到了五歲，看起來像是八歲一樣。

他是大個頭男孩，而且超級強壯。

他是害羞內向的男孩，甚至可說是冷淡也不為過。有時候很難判斷他這種沉靜態度是因為他個子高大，對於那些偶爾想要挑戰他的孩子根本不放在心上，抑或是他完全沉浸在自己的思緒之中，完全沒注意到那些孩子的存在。

亞伯特第一次面對暴力是在念幼稚園的時候。

當然，這絕非偶然。暴力就在那裡，看到了他，直接朝他衝過來。它出現的形體是班恩，某個大塊頭男孩，擔心這個新來的同學會搶下他目前享受的主控地位。其實亞伯特與其他小孩相處融洽，對大家都很和善，但班恩卻看不到這一點，在他的眼中，亞伯特是敵人。班恩會推擠其他小孩，有時候還會張口咬人，甚至還會在某些極特殊狀況下，騎著他的三輪車追人。他不是那種能夠接受「不」的小孩，就算現實環境徹底拒絕他也一樣。

他認定亞伯特就屬於「特殊狀況」，而且認為他是這間幼稚園脆弱階級制度的一大威脅，於是他騎著自己的三輪車朝亞伯特衝過去，還發出了討戰的怒吼。亞伯特轉頭，看到那男孩朝他迅速衝來，他知道自己的身體貌似可以承受力道，甚至不動如山，但鐵定會受傷。他感受到某種恐懼，突如其來的焦慮，他很清楚自己不想被三輪車撞到。

當這個念頭才剛出現，班恩三輪車的前輪就立刻脫框，整輛車偏離軌道，從亞伯特身邊衝過去，撞到了後方的牆壁。

班恩斷了手臂，膝蓋扭傷，接下來的那兩個月，他都沒進幼稚園。等到他回來上課之後，對亞伯特超級友善。

進入中學後也一樣，亞伯特人見人愛，女孩們喜歡他的驚人體格與純真微笑，而男孩們對待他的態度，就像是面對某個令自己害怕的對象時一樣：他們已經把他當成了偶像。中學時圍繞在亞伯特身邊的那些青少年只有一個共同的願望——希望哪天有某人犯蠢，想要扁他一頓。

哇，要是真是如此，會怎樣呢？一定很棒對吧？

當他們私下聚會的時候，他們會說亞伯特能夠隻手扭斷別人的脖子，或是只要靠小指與大拇指巧妙捏住某人的喉嚨、手腕輕輕一扭，就可以輕鬆解決對方，他們好想見識這樣的畫面。沒有人看過他傷害任何人，就連一隻蒼蠅也沒有，但顯然他要是想動手，絕對不成問題。他們在亞伯特與新來的學生之間悄悄煽動衝突，盼望要是出現一場爭吵，即便是一場迅速收尾的小糾紛也行，就能展現這位友善巨人的能耐。但是，過沒多久之後，大家就會發現亞伯特成為新同學的好友之一，或者，這位新同學夠聰明，知道最好不要惹亞伯特。

所以，某天當米蓋爾進入圖書館，而亞伯特正好坐在裡面的時候，同學們的反應超興奮，當然也就可想而知。亞伯特喜歡圖書館，花了許多時間待在裡面。所以，裡面聚集了許多愛慕他的女生，還有懷抱希望、等待也許有哪個人會進來挑釁的那些男生。

米蓋爾在他念過的那些學校當中，一直是問題學生，而且他念過的學校還真不少——要是他培養出適當的寫作能力，願意把手邊的紙拿來寫作而不是捲菸的話，足以寫下橫跨三區的濃縮版學校指南也不成問題。後來，直到米蓋爾成年後犯下了三起持槍搶案時，當局回溯他的過往，才發現米蓋爾果然相當叛逆。

米蓋爾的問題——應該這麼說，他的第一個問題——就是超喜歡開快車與廉價酒。光是單一事件就問題很大了，而瘋狂開車習慣加上低品質伏特加的影響，問題就更嚴重了，因為這會讓米蓋爾忘記最基本的守則：千萬不能被抓到。逮捕他的警察不苟言笑，盡忠職守。等到米蓋爾清醒過來，終於知道出了什麼事之後，破口大罵自己運氣很背。

所以，他沒了車，也被吊銷了執照，後來又發現他最喜歡泡的地方成了工地，別無選擇，只能去學校。

當然，這個後來成為監獄幫派老大的年輕人無心向學，他必須要找到一個地方坐下來，讓他可以默默對這世界發出怒火。圖書館很適合，裡面有一大堆他可以摧毀的東西，還有許多安靜無辜的學生可以任由他霸凌，口語或肢體都可以。米蓋爾不常去學校，所以不知道有亞伯特這號人物。對米蓋爾來說，無所事事坐在圖書館裡面十五分鐘已經是他的極限，他不是那種會深思存在主義的人，為了要引來別人的一點關注，他別無選擇，也只能呢，好，重新安排圖書館內書籍的順序，而他所根據的索引系統是「扔在地上」。

「知識滿地開花嘍！」他大吼，「知識滿地開花嘍！」然後把所有的書丟到地上，像是印地安人一樣在書間跳舞。

大約有三十名學生一臉驚訝盯著他，一開始是憎惡，最後是充滿期盼。他發瘋甚或是喝醉的程度已經足以在這裡引發衝突。

就連圖書館員看到了這一幕，心中也燃起了一絲期盼。

他們耐心等待，盼望亞伯特發現異狀。

米蓋爾在兩側書架走廊之間的一大堆書籍上頭跳舞，就在這時候，亞伯特抬頭。米蓋爾從口袋裡取出打火機，亞伯特張望四周，發現大家盯著這樣的場景卻動也不動，他誤以為眾人緊盯不放是因為陷入了某種震驚狀態，他立刻對米蓋爾大叫，「喂！」

一股看不見的興奮潮浪，立刻在群眾裡翻湧。

亞伯特從桌前起身，走向米蓋爾。「你在幹什麼？」

米蓋爾面向他，「哇！」他大叫，「泰迪熊來了！你好嗎？泰迪熊？」

「我認為，」亞伯特說道，「你應該離開這裡，去找別的地方坐下來冷靜一下。」

米蓋爾悶哼一聲，「你真這麼想？」

「對，」亞伯特說道，「你在毀損圖書館的財產。」

「我？圖書館的財產？」米蓋爾假裝無辜，「你是說這個嗎？」他跳到書堆上頭，猛力踩踏。

「對，」亞伯特語氣依然平和，「現在給我離開。」

「誰要逼我離開？你嗎？泰迪熊？」

那三十名學生與圖書館員心中充滿竊喜，因為亞伯特說道，「對，如有必要的話，我會出手。」坐在旁邊的某個痘痘男孩仰頭望著天花板，喃喃說道，「感謝上帝。」

米蓋爾跳下書堆，雙臂貼住兩旁書架。

「你，」他講話的語氣有酒鬼的沉穩習氣，「看起來高大強壯，但你根本是俗辣加白痴，卵蛋就跟豆子一樣小，我看你還是趕快到外頭以免被扁。」

亞伯特開口，「我不想訴諸暴力……」

「當然輪不到你，」米蓋爾面露邪笑，「我來這裡就是為了這一刻。」他把手伸入口袋，拿出了一把彈簧刀。米蓋爾打開它，發出了喀啦聲，在亞伯特面前搖晃，彷彿覺得自己是職業級的劍術高手。「來啊，泰迪熊。」

「我說最後一次，」亞伯特警告他，「不要惹麻煩，給我出去。」

米蓋爾頓時理智斷線，「來啊！你這個怪胎！」他大吼，「過來捍衛你的寶貝書本啊！」他朝他旁邊的書架狠狠出了一拳。

這樣就夠了。

一開始的時候，只聽到一陣微弱的吱嘎聲音，然後，又是另一聲，書架倒下，發出了如雷轟響。

安靜了一會兒之後，米蓋爾對面的書架也跟著倒塌，這個未來的幫派領袖慘遭兩公尺高的書堆所掩埋。

亞伯特回到自己的座位，那個坐在旁邊的痘痘男孩好想哭，但還是忍住了。

等到亞伯特年紀稍長之後，對於真正危險人物的雷達才開始浮出檯面。他在自家附近的餐廳當服務生，剛收到了第一張薪資支票，前往銀行存款。當他走到行員前，把支票放在她面前的時候，某個蒙面人衝入銀行，揮舞著手槍。

「全部的人都給我趴在地上！」他大叫，「馬上給我趴在地上！」其他的顧客——兩名年長女性，某個粉紅色頭髮的青少女——全都驚恐趴地，發出她們在電影裡聽到的那種熟悉尖叫。

搶匪繼續依照標準腳本演出，他開始大吼，「閉嘴，我說閉嘴，靠！」他對著兩名坐在櫃檯後面的行員揮舞手槍，正打算叫他們立刻把雙手舉高的時候，卻看到某人依然站在原地不動。

亞伯特一臉嚴肅看著他。

他平靜問道，「你為什麼要搞這種事？」

「給我趴下去！」搶匪大叫，「我會轟爛你的腦袋，連你媽都認不出你來！」

「現在回頭還有機會，」亞伯特對他開口，還配合手勢。「搶銀行要關很久，你還有機會在造成傷亡之前離開這裡，回歸正常生活，不會有人知道你來過這裡。」

「趴下去！現在給我趴到地上！」搶匪大叫，在那令人發癢的套頭絲襪之下的雙眼暴凸。「別想當英雄或心理學家！」

「你不會對我開槍，」亞伯特說道，「你不是殺人犯，對不對？」

「我是，我就是！」他舉高手槍，直接對準亞伯特的頭。

「把槍給我，」亞伯特說道，「我們就到此為止。」

搶匪大喊，「你這個白痴雜種！」他眼睛眨都沒眨一下，已經連續對五個人開槍爆頭，再多一個也沒差。「我們現在就做個了斷！一了百了！」嗆完之後，他扣下扳機。

根據警方後來從亞伯特和銀行其他人口中所取得的供證，都說那是一種極為罕見的機件故障。

「反正就是手槍後端爆炸了，」警察解釋，「也不知道為什麼發生卡彈，沒有辦法推進。所以後端吸收了所有的子彈炸力，手槍內的衝力被限縮在超小區塊之內，造成後爆。」

亞伯特回道，「真特別。」

「的確，」那名警察說道，「我從來沒有遇過這種事，只知道這套道理論而已。不過，這傢伙顯然是很倒霉。」然後，他看著那名搶匪，已經不需要絲襪蓋臉了，現在根本沒有人能夠辨識他是誰。

兩個月之後，兩個身穿廉價西裝、表情嚴肅的男子，敲了亞伯特與他母親的家門。

其中一個開口，「是亞伯特．布朗嗎？」

亞伯特．布朗依然穿著睡衣，「對。」

另一個接口，「麻煩你，跟我們走一趟。」

「去哪裡？」

第一個說道，「里卡多先生要見你。」

亞伯特想了一會兒，繼續問道，「誰是里卡多先生？」

那兩人似乎有些迷惑，跟不認識里卡多先生的人講話，他們還真是不習慣。

其中一個說道，「嗯……」

「里卡多先生是那種當他要召喚你的時候、你不會想拒絕的人物。」開口解釋的是另一個，他對自己的表現相當滿意。

亞伯特回道，「我有點忙。」

第二個開口，「不過——」

「等一下。」亞伯特說完之後，關上了門。

那兩名驚愕男子在門後等待，聽到亞伯特對他母親大叫，「媽，妳知道里卡多先生是誰嗎？」他們看不到他母親的雙眼因為恐懼而睜得好大，但可以聽到她在大門另一頭壓低聲音說話。那兩人等得越來越不耐煩，正準備要破門而入、強行帶走這個白痴亞伯特的時候，門開了，亞伯特站在門口，這次已經換好了衣服。

他問道，「難道你們就不能直接說是『黑手黨』的嗎？」

那兩個小嘍囉互看一眼，心想，「不該使用這麼露骨的字眼吧。」只有警察、編劇，還有講出不可置信故事的酒保，才會使用黑手黨一詞，我們其實是「做生意」的。

「好，我們走吧，」亞伯特說道，「不過，純粹是因為我媽說我得走這一趟。」

里卡多先生坐在餐桌的尾端，亞伯特在另一頭與他遙遙相望，相隔了將近有四公尺之遠。

里卡多先生開口，「謝謝你過來。」

亞伯特聳肩，「顯然我沒辦法說『不』。」

「說『不』永遠是選項之一，」里卡多先生說道，「不過通常後續影響不是我們所樂見。」

亞伯特回他，「我看一定是哪裡搞錯了。」

「錯誤是一個非常空泛的語彙，」里卡多先生問道，「可否講清楚一點？」

亞伯特說道，「我不該出現在這種地方。」

「真的嗎？」

「我和你的業務沒有任何瓜葛。」

「那你為什麼會過來？」

「我媽要我來的。」

「啊，尊重父母，這一點十分重要。」

「當然。」

「我兒子強尼就非常敬重父母。」

「哦。」

「他總是會親吻我的手，在我面前絕對不會爆粗口，要是知道我不喜歡哪個年輕女孩，他也不會帶回家，處處以我為重。」

「你一定相當以他為傲。」

里卡多先生突然揮了一下手，彷彿在驅趕討厭的蒼蠅，或是想要揮開某坨無意義詞彙的雲霧。「他是個只會運用暴力強取一切的笨蛋。欠缺優雅與創意，老是惹麻煩。我保釋他的次數到後來已經算不清了。毒品、拉皮條、強盜未遂。有一次，他搶了某間酒品專賣店，然後跑進麥當勞吃東西，把沾滿指紋的手槍忘在那裡，就放在剩下的薯條旁邊，諸如此類的事不勝枚舉。徹頭徹尾的大白痴。我問他，『你怎麼不乾脆在自己家裝鐵窗？以後再也不要出來就好了？』不過，他依然是我兒子。」

「嗯。」

「但這說法可能不是很精確。我想他應該是我兒子吧，只不過他有愚蠢基因。」

「但你當然還是很愛他。」

「的確，毋庸置疑，這至少算是某種愛吧，他遇害的時候我傷心欲絕。」

「我很遺憾，出了什麼事？」

「這混蛋想要搶銀行。其實這次他挑選的銀行很不錯，但那裡有個自作聰明的蠢蛋想要阻止他，最後也不知道怎麼搞的，他居然開槍打中自己。」

雖然是花了一些時間，但里卡多先生的冷酷目光終究還是飄到了長桌的另一頭，死盯著亞伯特，逼得他明白狀況。

「據我所知，」亞伯特說道，「那是一起極為罕見的機件故障。」

「對，也許吧，」里卡多先生說道，「不過，我還是會忍不住心想，要不是因為有某個想要逞英雄、自以為聰明的蠢蛋站在那裡……」

亞伯特說道，「對於你兒子身亡，我深表遺憾。」

「我想也是。」

「但我與此事沒有任何瓜葛。」

「就我來看並非如此。」

亞伯特坐立難安。

里卡多先生依然不動如山。

「從——我的——觀點看來，」里卡多先生說道，「你必須為我兒之死負責。」

「我……」

「這令我難過，我並不喜歡把生意之外的人捲進來。」

「抱歉？」

里卡多先生開始搔抓灰白的太陽穴，「當我表示我不能對這起事件置之不理的時候，你一定明白我的意思。」

「你打算怎麼對我？」

「對你？不，我的朋友，當然什麼都不會，不過，就我看來，你奪走了我的兒子，所以我要奪走你的母親。」

亞伯特開始心跳狂飆。

「我……」

「我有兩名同事待在你母親家中，要是我在接下來的十分鐘不打電話給他們，那麼我們就扯平了，就這麼簡單。」

「這樣並不公平。」

「生活也是如此，」里卡多先生嘛嘴，彷彿在深思什麼奧秘之事，然後，他又繼續補充，「不過我們也許可以找到另一種交易方式解決這起爭端。」

「什麼樣的交易？」

「我有個朋友，很好的朋友，好到後來變成仇敵。你也知道，當某人坐到了我這樣的位置，累積了權力，自然就不能忍受這世界上有人與他旗鼓相當，能夠與其抗衡。這就像是陰與陽、黑與白、漢賽爾與葛麗特。你可以稱他們為同儕，也可以叫他們敵人。反正，他們是很強悍的人物，強悍到我們可以一邊一起用餐，一邊互相攻擊。這不是針對個人，這一行就是這樣。你有沒有聽說過古斯塔夫先生這個人？」

「從來沒有。」

「沒關係，這種事所在多有。反正。古斯塔夫先生一直是阻礙我擴張事業的少數勁敵之一。

我的生活什麼都不缺，我承認，過得很爽快，生意也很不錯，但還是可以更好。你也知道，這就是人性。我們總是想望更多——不對，我們總是需要更多。這是我們向前的一部分驅力，我們需要撫觸星星，撩撥天空，雖然我們無法到達無限的境界，但那是我們的目標。也許，這是完美主義吧，人類精神的目標。老弟，所謂的無限，對我而言，打個比方吧，就是衷心盼望古斯塔夫先生死去，這對我很有利。」

「有利？」

「對，有利。這樣一來。就可以幫我解決目前遇到的一切難題——有關界線與承諾的事。如果我想要擴展業務範圍，我需要古斯塔夫先生進入『死亡』狀態。不過，你也知道，我不能自己動手殺人，太危險了，這是榮譽與友好的問題。要是有人不知怎麼搞的把他的死聯想到我頭上，就會爆發世界大戰，狀況難堪，丟臉，萬萬不能做出這樣的事。」

「我明白了。」

「你能理解，我很欣慰，這就是我們找你進來的原因，反正就是得找個與我們家族無關的人。我們現在可以準備實現充滿詩意的公平。強尼當強盜，你殺死了他；現在輪到你當盜匪，殺死古斯塔夫先生。你闖入他家，殺人，看起來就像是一起普通的闖空門事件，只是最後失控。你想從那裡拿走什麼東西都不是問題，當然，我可以把那間豪宅的平面圖交給你，而且，我還有一兩組門禁密碼、各個警衛崗哨的位置，任務超簡單。萬一你被抓到的話——當然，我們大家都不希望看到這種事——沒有人會把你和我聯想在一起。交換條件就是我等一下出去、吩咐我的人馬，千萬不能讓你的母親遭遇任何不幸，也就是以古斯塔夫先生換我的強尼。」

亞伯特露出了他還是小嬰兒時就知道要怎麼做的表情，挑動右眉。他語氣平靜，「你要我幫你殺人。」

里卡多先生直接就認了，「這種說法真是粗野，但相當精確。」

「要是我不同意——你就會殺死我媽。」

「你終於懂了。」

「我還有其他選擇嗎？」

「當然。我剛才說過了，說『不』永遠是選項之一，不過後續影響不是我們所樂見的，不是嗎？」

亞伯特沉思了一會兒說：「對。」

里卡多先生堅持當晚就必須執行任務。

他說，古斯塔夫先生的豪宅幾乎沒人，是難得一見的大好機會。里卡多先生希望可以立刻解決這整起事件。亞伯特後來才明白，那樣的不耐其實是想要置某人於死地的那些人的共同特徵。他只有一小時的時間研究豪宅配置圖，兩個小時之後，他已經在前往古斯塔夫宅邸的路上。在他離開之前，里卡多先生給了他絲襪，就與強尼搶劫那天頭上套的那個一樣，里卡多先生問道，「這算不算是某種充滿詩意的公平？」

亞伯特沒接腔，對於這種對自己懷有敵意的迂迴式提問，他不知道是否得回應。

里卡多先生說，「當然，這已經洗過了。」

是夜，凌晨兩點鐘，亞伯特．布朗站在全國某一最大黑幫家族老大的臥房裡，頭上套著絲襪，手裡拿了手槍——這曾是另一個黑幫家族老大之子的手槍。而他面前躺了一個面色蒼白的老人，頻頻急喘，亞伯特要取他性命。

現在應該要動手了，噪音準備上場。

要有足夠的噪音喚醒他面前的老人，逼得他在床上坐起身子，也許在某個時刻尖叫了一下，讓別人知道這裡發生搶案。重點是要讓大家知道這裡有搶案，然後亞伯特開槍射殺他。

他凝望床上的那個老人，突然一陣哽咽，他下不了手。

亞伯特伸手拿起一個放在牆邊五斗櫃上方的花瓶，另一手舉槍對準了這位老先生。

他正打算要將花瓶砸地的時候，卻聽到床鋪那裡傳來聲響。他轉頭，發現老先生正在蠕動身軀，先是發出了輕微咕嚕聲，然後又冒出一連串的奇怪聲音。又是一聲咕嚕，他雙手扭曲，嘴巴張得好大，然後，亞伯特聽到老先生發出了沉重呼吸聲響。

然後，一片寂靜。

亞伯特專注聆聽，但完全沒有聽到任何聲音。他把花瓶放回原處，慢慢走向床邊。他彎身，耳朵靠近老人的臉龐，越靠越近，終於發現老人其實已沒了呼吸。

他站在那裡，思索了一會兒，伸手撫摸老先生的手，沒反應。然後他又把手指貼住對方的手腕，找尋脈搏，接下來是脖子。他搖晃老先生，然後又猛力搖了一下。

最後，他離開現場。

里卡多先生對他的表現大感驚豔，非常開心。

「你是怎麼辦到的？」他扶住頭，不可置信猛搖頭。「想必大家都覺得他一定是睡著的時候中風而亡，了不起，我從來沒看過這麼乾淨俐落的殺人法。」

亞伯特低聲問道，現在是不是可以走了。

「你不懂嗎？」里卡多先生告訴他，「你是寶！稀世珍寶！你是難得一見的天才，太厲害了。」

「里卡多先生，我想我們現在扯平了。」

「當然！當然！」

「那麼，我想要離開了。」

「好，好吧，」里卡多先生嘆氣，「真是可惜。你知道嗎？你可以大有作為，我是說真的很優秀，頂尖高手，像你這樣的殺手會變得很有錢。」

「我沒興趣。」

「真可惜。」

「我走了。」亞伯特說完之後就閃人。

兩個禮拜之後，亞伯特的家門口出現了兩個人。這一次，里卡多先生告訴他有真正的生意要談。亞伯特說他沒興趣。

里卡多先生說這項任務不是為了他，而是為了某個朋友。

亞伯特堅持自己沒興趣。

里卡多先生講出了任務的重點。

亞伯特意志堅決。

里卡多先生開始長篇大論，提到了要發揮潛能與利用機會，甚至還引用了愛迪生的話。

亞伯特依然拒絕。

里卡多先生說，亞伯特先前留下指紋的那把持槍，後來直接留在里卡多先生屋內的那一把——與強尼殺死三個人的手槍是同一型。

亞伯特沉默了。

里卡多先生說，要是警察找到了那把槍，那就實在太遺憾了。

亞伯特依然沉默不語，里卡多先生又講了一次任務的重點。

三天之後，亞伯特躲在某個路彎處，趴在泥地裡、拿起自己的新步槍進行瞄準，某個小型黑幫組織的帳房準備要開車經過那裡。亞伯特的雇主懷疑這男子與警方走得很近，必須要殺人滅口。

亞伯特趴在那裡，等待某輛白色豐田轎車。那輛白色座車的前頭出現在路彎，正當他的食指準備扣下扳機的時候，有隻小兔子衝到路中，站在那輛即將逼近的汽車前方，動也不動。那輛豐田轎車的駕駛是堅定的素食者，而且心腸敏感纖細，為了避免撞到那隻兔子，他趕緊猛轉方向盤，卻失控撞上了一棵巨大的橡樹。

兔子跳到了另一頭。

亞伯特拿起狙擊步槍，離開。

之後，就一直是這樣。

亞伯特在某名商人的座車底下安裝炸彈，不過，對方準備要前往自己的停車處時，摔下樓梯撞到頭，就此喪命。亞伯特立刻拆彈，離開現場。

有名資深警官本來要主導某場突擊行動，亞伯特的職責是要在現場以準星瞄準對方，但就在任務的前一天，警官以微波爐熱雞肉卻爆炸了，某根小骨頭戳入他的右眼，直接從後腦勺穿出來。

亞伯特．布朗成為北半球最厲害的殺手，但他根本連一隻蒼蠅都沒傷害過。時機到來得剛剛好，自然而然就習慣了。他只需要做準備工作就好——準備武器、設置陷阱、籌劃狙擊，然後幾乎就是箭在弦上的那一刻，他的受害人全都會自己斷氣。他的雇主都很滿意，而他自己也可以半夜睡得安穩。

對他來說，這工作很棒，而且不需動用任何形式的暴力。

他偶爾會覺得寂寞，所以他買了隻倉鼠。

❖

現在，皮耶說，他已經來到這裡了。

蓋伊問道，「這裡？」

「對，」皮耶說道，「他得要殺死某名商人。這個案子有點詭異，因為其實並沒有牽涉到什麼犯罪的部分。這比較……屬於私人範疇。」

蓋伊問道，「這怎麼會和你扯上關係？」

皮耶反問，「你覺得是誰安排這些人在剛好的那一刻斷氣？」

「你在跟我開玩笑吧。」

「當然沒有。」

「可是到底為什麼要這樣？邏輯是什麼？」

「在接下來的這十五年當中，亞伯特會在某起打擊恐怖組織事件之中，扮演相當重要的角色。」皮耶說道，「我們得要讓他循正道發展，所以當他到了關鍵的那一步，就會做出打擊組織的決定。」

「為了這個目標，就得要殺死這些人？」

「這一點就很有趣了，」皮耶回道，「亞伯特奉令要殺害的那些人，反正本來就得一死，古斯塔夫先生、黑道帳房——所有的人都是如此。而我建立的巧合，就是委託殺人——換言之，在某人陽壽將近的時候，想辦法正好讓合適的人期盼對方喪命就是了。」

「聽起來好複雜。」

「是的，」皮耶回他，「不過我寧可以這種複雜手法處理目前的這個案子。」

「什麼意思？」

「他現在應該要殺害的商人其實目前命不該絕。」

「這不是你安排的？」

皮耶回道，「不是，這是真正的暗殺事件。」

「所以現在要怎麼辦？」

皮耶悲傷搖頭，「如果我們不想破壞他的一連串好運，我們就必須安排一場殺死那男人的巧合，而且時機要剛剛好，看起來就與其他事件一樣。我已經把這個任務提升到更高等級，一切已經獲得了核准。」

「你是要我……」

「你得在某個特定的時間，把那人帶到某個特定的地點，才能完成任務。」

「為了某個計算時點的單純任務？特別來找我？」

「可以這麼說，沒錯。」

「你為什麼不自己處理？」

「這解釋起來有點複雜，」皮耶說道，「但我必須在同一時間安排其他事項。」

「但為什麼要找我？」

皮耶拂去褲子上一抹看不見的塵埃，避開蓋伊的目光。「你認識這個人，」他說道，「你曾經是他的幻想朋友，我覺得我們可以利用這一層關係。」

蓋伊嚥了一下口水，露出了佯裝不在乎的微笑。

他問道，「是誰？」

皮耶說道，「你當初認識他的時候，他叫麥可。」

蓋伊的背脊一陣微顫。當初正是因為麥可，才讓他認識了卡珊卓拉。

15

今天是星期二。

麥可與他的兩個綠色玩具士兵在公園玩耍，派遣給他們的任務侵略性並不強——比方說，在空中滑翔，或是把它們的頭插在泥土裡，許久維持不動。蓋伊與麥可坐在同一張長椅，他雙手交疊，蹺腳，思緒飄渺。有時候，麥可對他只有一個期待，就是幻想他出現的時候，他可以坐在身邊。

那兩個士兵開始互相追逐，蓋伊不明白是誰發動追逐，又是誰在被追——反正這也不重要。不過，當麥可開始玩過頭，四處晃蕩，發出各式各樣的英雄式呼喊的時候，蓋伊叮嚀他，千萬不要跑太遠。

跑得太遠的小孩會忘記你的存在；忘記你的存在，那就表示你根本不存在。

其實，蓋伊真的很期望在那裡多坐一會兒，他已經好幾天不曾體驗到這種感覺，他渴望感受一定程度的自我。

但他也想要盯著麥可，確保他不會跑到街上，至少，這是他交代給他自己的任務。

某個女孩與女子映入他的眼簾。

女孩個頭瘦小，一頭金髮幾乎及腰，藍色的厚框眼鏡，還有條紅色細繩綁在後腦勺。女子高䠷優雅，紅髮綁成了數條辮子，宛若皇冠一樣纏在頭上，她追隨女孩的目光充滿了溫柔之愛。

她們坐在他對面的長椅，不算太遠，但看不見他，這是當然的。

他又瞄了那女人一眼，她那些動作所流露的某種姿態，不禁讓他為之心動，有個念頭悄悄浮現腦中：廣義來說，一個知道自己在做什麼的女子，真是難得一見。許多人移動身體純粹是為了要佔據空間、為了要做出某些動作，讓自己感覺真的改變了什麼。他們揮手、搖頭、不安移動大腿。要是所有動作都有聲音的話，大部分的人一定會製造出許多噪音，只是為了表現自己的存在感。然而，她完全不一樣，真誠多了——坐在長椅，向右側頭面向她的小女孩，讓紅白相間的洋裝自然而然垂掛於身，為什麼大家都不能這麼輕鬆愜意呢？

他說道，「我喜歡妳的洋裝。」

當然，她並沒有注意到他，不過，他從來不覺得這一點有什麼困擾。他總是會和大家講話，向他們傾吐心聲，與他們分享一切，就算他們並不是幻想出他的小孩也沒關係，就算他們根本沒機會看到他也無妨。

「我知道妳並不清楚我在這裡，」蓋伊說道，「但誰知道呢，也許我的話會以某種神秘的方式對你造成影響，也可能不會，真的不重要。有時候，就是得對某個聽不見你講話的人嘰嘰呱呱，以免自己發瘋。」

小女孩坐在長椅尾端，把玩著兩個穿著最美麗衣裳的洋娃娃。她三不五時就會舉起娃娃，對著長椅上的女子說話，那女人點頭微笑，也會講話回應。

要是蓋伊想仔細聆聽的話，絕對不成問題，畢竟距離夠近，但這樣又有什麼意義呢？

「我是約翰，」他說道，「至少，此時此刻我是約翰。下一個小時，我可能是法蘭索瓦，然後又成了成吉思汗，明天則是畫家莫特克。也許這樣有些令人困惑，但這工作的要求就是如此。畢竟，如果我不是某人期盼看到的鏡像，那我又是誰呢？我的名字、個性，以及欲望——全都是為了要挽救別人的寂寞處境。」

「妳永遠不會明白我的意思，」他的身體稍微前傾，自己與這位正凝望樹梢的不知名女王之間的距離，又縮減了十多公分。「妳可以盡情展露自我，我嫉妒妳這樣的人。哎，好吧，其實我幾乎嫉妒每一個人。妳可以過自己的生活，不需要隱藏在別人為你書寫的角色背後。妳有看到那裡的男孩嗎？等到他再靠近一點，只要多注意我一點，我就得變成百分百的約翰，再也不能和妳講話了——或者，對妳滔滔不絕，我又會變成他的人，百分百專屬。」

「我看過許多與我從事相同任務的普通人。至於他們，我就不嫉妒了，他們比我慘。至少，我每一次只需要戴同一張面具，因為只有幻想我的那個人看得見我。但他們是每一個人的幻想朋友，只要有人看著他們的時候，就必須戴上對方給予的面具，最後，他們成了大家期盼看到的形貌，但自我已經不存在了。」

「但妳不一樣，我看得出來，妳就是妳，像妳這樣的人十分罕見。我希望妳明白自己有多麼幸運，多麼與眾不同。」他離開長椅，站起來，雙手插在口袋裡，盯著公園，而且，與她更近了一點。「希望妳別介意我這麼說，而且，妳也很美。」

「反正，要是妳感到寂寞，想要幻想某個與妳同樣寂寞的朋友，我很樂意在妳面前現身，進一步了解妳。妳知道嗎，成為某人的幻想朋友也沒那麼糟糕，比方說，妳就可以試試看啊。」

他的雙手離開口袋，手掌向前張開，呼喊了一聲「噠—啦！」。

三團小火球出現空中，他開始來回甩弄。

「這是很容易學的招數，」他的目光緊盯著那些球，「最重要的原則就是不要看著自己的手，必須要注意空中的球，忍住不要看自己到底是怎麼接住它們，你也可以一次玩四顆——」第四顆球出現了，「——數目不重要。當然，火球呢，就是身為幻想朋友的好處之一，我覺得，至於其他的部分就純粹是某種勤加練習的技巧，當然，我也不記得自己到底是不是有學過，不過，從妳看來，一定是覺得我有認真練過。」

他又繼續甩弄了好一會兒，眼淚泉湧而出，他完全無知無覺，不知道這是因為火球冒升的螺旋狀微煙？還是因為有某種心緒在齧咬著他？火球在空中熄滅消失，雙手也頹然垂落身側。

「就這樣了。」他低聲說話，不好意思地低下頭，以這種方式自言自語真是愚蠢。他抬頭，小女孩依然在草地上玩洋娃娃，忙著籌辦一場寧靜的午茶派對，而那美麗女子坐在長椅，凝望著他，對，就是緊盯著他不放。

他覺得自己彷彿瞬間凝凍，然後，他又與她四目相接。

過了一會兒之後，他起身準備離開，他相信她之所以會望向他站立的方向，純粹是巧合而已。她說道，「你為什麼要停下來呢？真的很美。」

他過了好幾秒之後依然無法開口，麥可離他有點距離。蓋伊心想：拜託，千萬不要現在停止幻想我的存在，千萬不要。

「妳……妳看得到我？」

「哈哈……」她點頭微笑，「顯然你也可以看得到我。」

「這……」

「真是大吃一驚吧，」她說道，「當你開始對我說話的時候，我其實不知道該怎麼回應才好。」

「但為什麼……？」

「我是卡珊卓拉，」她指向自己身旁那個在嬉戲的女孩，「這是娜塔莉。」

「這實在，真的……我萬萬沒想到……」

「對，我也是，」卡珊卓拉回道，「不過，原來我們看得到彼此。」

兩人沉默了一會兒，卡珊卓拉才開口問道，「你經常和你的男孩來這裡嗎？」

「不是很常過來，」他回道，「麥可通常喜歡待在自己的房間裡玩耍。」

「要是你以後能夠常來就太好了，」她說道，「他們能夠在這裡玩遊戲，我們也可以聊一聊。」

「好，」他回道，「我會盡量說服他。」

她露出甜笑，「太好了。」一陣顫慄在他的皮膚裡層竄流。

這就是他與卡珊卓拉相遇的過程。

「對了，我是約翰。」

「我知道，你已經說過了。」

「對哦。」他在麥可將他完全拋諸腦後之前擠出了這句話，接著立刻消失無蹤。

16

愛蜜莉依然躺在床上，盯著從窗戶投映而出的方形光塊、慢慢朝天花板移動。

所以她為什麼還躺著不動？

她已經在床上躺了將近十小時之久，她窩在這裡是因為她心情沮喪？抑或是人們頹敗時就會躺在床上睜大眼睛，她只是有樣學樣，宣示自己的沮喪？

還有，下一個階段呢？喝酒？站在陽台上拚命抽菸，充滿血絲的雙眼盯著城市建物的屋頂？因應內心需求的那些行動，幫助我們界定自己情緒、充其量只是執行一連串儀式的那些行動，又應該要如何劃分界限？

有多少人是因為真情流露而真的在婚禮時大哭、挫敗時大叫、大笑時仰頭，或在親吻伴侶時捧住對方的臉龐？又有多少人只是覺得自己應該這麼做？

她翻身，看了一下床邊的時鐘。她告訴自己，要是開始想這些事，顯然是已經沒事了，沒有藉口。

開始行動吧，起床了。

她洗臉的時候，一想到自己前晚的誇張行徑就差點笑了出來。狂瀉不止的淚水，宣告她已經徹底領悟他不要她，而且永遠不想；顫抖無力的雙腿；整個人癱成一坨、倒在路邊自憐自艾；直接和衣躺在床上，許久不動；還有不知明天到來有何意義的感覺。

她心想，這感覺真詭異，我們會把某一特殊事件視為生活的驅動力，而且催眠自己要是少了這個的話，什麼都沒有意義了，然後，更奇怪的是，我們居然能夠以這麼快的速度立刻轉念。

她身體前傾，靠在水槽旁邊，覺得好想吐。淚水悄悄積累在眼眶，等待奔流而出的適當時刻到來。她嚥口水，深吸一口氣，對，那種哽咽的感覺是真的，她腦袋裡的其中一部分依然惦念不已，那並不是什麼儀式。

她沒料到居然是如此，從沒想到會有這種狀況，必須徹底放棄蓋伊，但真的發生了。她身處於陌生領域，空氣的色澤變得不太一樣，光線流轉的速度也有所不同。這種心跳的速度好疏離，而且蓋伊再也不是她的了。

不，不對，不該是這樣。

她原本計畫的結果是順利成功，一切都該要依照理所當然的方式進行下去才對。不只是昨晚，而是整體狀況，她應該要過著截然不同的生活，不是嗎？

她現在是為了什麼而哽咽？是因為想到自己真的要放棄了？還是因為像她這樣的控制狂，面臨了眼前的計畫生變？

也許抽菸盯著城市建物屋頂也不是壞事。她望著鏡中的自己，突然想要拿一桶黑色油漆、衝到隔壁房間潑灑所有的牆面，她想要蓋住撮合自己與蓋伊的可悲計畫，抹消所有的痕跡，徹底滅絕那種作夢的能力。

光洗臉還是不夠，她必須要滌清一切。

她以浴巾裹身走出浴室的時候，心情已經略微好轉，準備迎接今天剩餘的時光，她發現已經有信封躺在門邊等著她了。

她幾乎是出於反射動作，立刻轉身回房穿衣，浸淫在自己的世界裡好一會兒之後，才回到真實世界，那裡有真正的「事務」等她執行。

新的信封只代表了一個意義：她的會計師開始寫詩了。

這有點詭異，因為在過去這二十四小時當中，她什麼也沒做，也許是她先前的行動終於發揮作用，點醒了他。

她知道這是一種可行的巧合製造技巧。藉由這種方式，各種頻率不等的各種小事件不斷發生，其目的並不是為了要造成立即產生的改變，反而營造出一種潛藏的進程，引爆某種靜悄悄、幾乎是難以察覺的衝擊。

與符合第三級的主要手段相比，這類的巧合被視為更優質，也更加優雅。艾瑞克每次好不容易製造出這種巧合就會相當自傲，他是這麼說的，「完全追查不到」，彷彿是透過某個隱密的私人專線搞定了一切。很難有主角會參透是因為數十甚或是數百個事件而漸漸改變了自己的人生。

但這當然不是她的風格，還不是。

也許她應該要找時間坐下來好好分析現在的作為，才能明白要如何在未來多加利用這種技巧。

她努力不去回想昨晚的那一場可怕巧合。

她繪出的那些圖表依然還在她周邊的牆面，圓圈、線條，還有錄影機、登山者、幸運餅乾的小清單……她忍住不敢多看。結果居然是這樣：她花了好幾個月努力製造的巧合，最後卻成了一場求愛不成的悲劇，然而，她已經放棄的某場巧合，卻在她完全無意識之下，自然而然發生了。

也該是打開新信封的時候了。

她坐在床上，將裡面的那些紙攤在床上，努力在腦中建構接下來的步驟。這就是她現在該做的事，能夠幫助她回到現實的明確新任務，展開一連串的活動，能夠讓她忘卻蓋伊臉龐烙印的那些時刻與地點。

這一次，似乎是簡單的時機任務。

某人會心臟病發，她得要安排一個醫生出現在那個區域。如果這就是任務的全部內容，那麼這根本是課堂作業的等級。不過，當然，真實任務之中總是會有困難的部分。

他必須是搭機時心臟病發，指示內容上有寫，航班的目的地不重要，醫生必須搭乘同一航班。她的這兩名主角近期並不會搭機，尤其更不會是心臟病發作的時候。

她必須想辦法讓這兩人搭同一班飛機，還有，彷彿這樣還不夠麻煩似的，那名醫生有飛行恐懼症。找另外一名醫生可以嗎？其實，她還沒翻到那一頁就知道答案，當然不行。

這次任務不容易。

為什麼要特別指定搭飛機？

艾瑞克會說這與戲劇性效果有關。如果他們問他的話，他會說，這整起巧合的目標當然不是為了要挽救某人心臟病發，有後續效應，還有後續效應之後續效應——意識發生改變。一切的設計都是為了另外一名乘客，他目睹心肺復甦術的急救過程應該會有所感應。艾瑞克就算沒有任何根據也會講出這番大道理。

艾瑞克面對一切都有一套理論。為什麼要在你提到某個十五年不見的人的那一刻，想辦法讓他正好進入某間餐廳？而且，就正常狀況來說，為什麼要安排那些其實不會產生任何改變，只會撩動某種奇怪心緒的巧合？有一次，上完課的某個晚上，艾瑞克喝了五杯伏特加下肚之後，對他們說出了他的這些理論。

「我們先這麼假設吧，」他的手勢略微浮誇，「我們就說全世界的人排成了一條直線，有點像是站在天平上面。在最左端的——對，站在那一頭——全都真心認為一切出於偶然，毫無意義，不需要追問或是探索，生命只是宇宙骰子一擲的結果，雖然根本沒有人在擲骰，世事以這種方式運行不成問題。而另一端則是堅信一切事出皆有因的那些人，我是說真的，所有的一切。有某人或是某個什麼東西在安排一切，絕非隨機流轉，也包括了現在讓我難受的胃脹氣。」

「站在這兩個極端的人是全世界最快樂的人，就是這兩頭。你知道為什麼嗎？因為他們不會問為什麼。從來不問，完全沒有問過這種事。不重要，因為他們要不是覺得沒有答案，要不就是深信有人負責解答，而那也不關他們的事。不過，這樣的人口比例還不到千分之一。大多數的人都站於這兩端的中間。不對，他們不是站在那裡，而是來回走動，一直朝某個方向前進，然後又轉頭。他們覺得自己屬於其中一端，不過，他們偶爾會自問為什麼，而且他們並不明白，無論是基於什麼原因，只有放下這樣的問題才能過得開心。」

「所以，才會有無意義的巧合。每當有人遇到這樣的巧合，在天平上的位置就會稍微挪移，往某一頭的方向移動。而且，這種變化可能會很難受，像是指甲刮擦黑板的尖銳聲響；也可能很愉悅，像是嬰孩的撫觸。這就是我們之所以要執行這類巧合的原因，為了要讓人們在天平上移動，因為，在這種天平上的移動，無論規模大小，正是所謂的生活，就是如此，重點在於移動。好，現在從碗裡拿顆橄欖給我，好好看看我要怎麼把果核丟到吧檯另一邊那女孩的頭頂上。」

愛蜜莉正在專心計算。這是她第一次收到有兩個重點、有兩名主角，但並非撮合型的任務。她必須要設計兩組巧合，讓兩人都會產生意識上的轉變。其中一個是公務面會或家庭聚會，而另一個可能是參加重要會議。還有，她得處理這名醫生的恐懼症，非得想出辦法不可。

她把小冊子逐一攤在床上，其中一本是解釋情況、一本是詳述「患者」細節、一本是關於這名醫生，還有對於可能巧合的各種限制（這並沒有特殊之處——兩人可以坐在飛機的同一段，但也不知道為什麼，不能穿同一品牌的鞋子），以及該地區的基本背景介紹與之後的那段時間……

她發現信封裡還有另一張紙的時候，心跳頓了一下。

倒不是她以前沒看過這東西，但雙眼瞄到時在心中浮現的那個念頭卻讓她一驚。就在那一秒，短短的一剎那，她覺得自己與它息息相關。

每個信封裡，在所有小冊子之後，都會有一張「棄權書」。

巧合製造師的個人資料、關於辭職理由的一般資訊，還有簽名處。這是退出的選擇權，不論進入到哪一個階段都適用。

換作是平常，她根本不會把這張紙從信封拿出來，沒有人會這麼做。身為巧合製造師——這是她的身分，現在更是她的本命——不是那種可以辭去的職業。簽署了棄權書之後會發生什麼事，沒有人知道，也造成大家普遍心生抗拒。只有兩名巧合製造師曾經簽下棄權書、自願退出工作。愛蜜莉不知道他們後來怎麼了，就她而言，這永遠不會是選項。

直到現在，她才恍然驚覺並非如此。她再次瞄了一下放在窗邊的那張紙，發現辭職的念頭其實早已在心中醞釀了一段時間。而今天，到了這個時候，它的壯大姿態已經讓她心煩意亂。

她用腳推開了床邊的棄權書。

她得要安排某場心臟病發。

有個普通人，正在好幾個街區之外的地方走路。

這是他的其中一項天賦——貌似平凡無奇。

早在許久之前，他就明白這種能力所產生的力量，在這個眾人努力追求獨一無二、與眾不同的世界當中，想要融入群眾當凡夫俗子的某種真正不凡能力。重點是，這需要強大的意志力，因為不論從任何方面看來，他都是不凡之輩。

但就另一方面而言，他並不是很喜歡這一點。他喜歡成為焦點，站在金字塔的頂端，喜歡跑趴。

對於他這種個性多姿多采的人來說，佯裝成普通人就難多了，他擁有能在世界揮灑的許多獨特本領。

但他現在是普通人，走在街上完全不會引發任何人的注目。

要是有人詢問經過他身邊的那些路人，「你剛才有沒有在某個時候看到某個高個子走過去？」他們的反應很可能是聳肩，「沒、沒有，我不知道你在講什麼。」

要是這個人繼續追問，「剛才是否有個人靠著電線桿一個小時之久，似乎是在等什麼？」他們會這麼回答，「我完全沒注意到有人靠著電線桿。」如果他緊追不捨，「但他在那裡待了將近一個小時，而且一直抬頭看著那扇窗戶。」他們的回答還是一樣，差不多就是「幫幫忙，別煩我可以嗎？我完全沒沒注意到異狀啊」之類的話。

平凡，是最接近於隱形的狀態。

他依然站在街角，懷抱古老冰河的耐心，靠在電線桿，偷瞄愛蜜莉的窗戶，應該不需要等太久才是。

掌握時機——這也是他的重要能力之一。

一抹方形的陽光，幾乎已經映照在對牆。

愛蜜莉不過才撐了五分鐘，就忍不住再次盯著床邊的那張閃亮紙張的邊角。小小的三角形紙片，她萬萬沒想到它居然這麼誘人。她當初應該要把它丟進垃圾桶，而不是隨便扔到地上而已，它依然死盯著她不放。

她心想，其實，看一下也不會怎麼樣吧？然後，她又搖搖頭，繼續回神研究下一個任務。但完全沒幫助，她就像是上冥想課的新學生，發現自己無法完全控制思緒。她一而再、再而三想起躺在床尾的那張棄權書，有機會可以徹底改變人生的那股感覺，一直縈繞不去。

她一直想到自己已經沒有任何在此留戀的理由。

她追問自己：妳究竟想要什麼？一邊為陌生人製造巧合，一邊看著自己所愛的那個人在妳面前尋索他認為在妳身上永遠找不到的那種情愫？在這樣的兩端之間繼續拖磨下去？其實，這種撕裂的狀態還能維持多久呢？知道一切而打死不說？光著腳丫子在刀尖上跳舞，卻佯裝根本不痛？

好——妳的機會來了。

她在床上坐起身子，望向外頭。她可以做得更多，她再次把手中的牌打出去，這裡已經沒辦法得到任何收穫，所以為什麼不讓自己到達某個完全沒有任何損失的地方？

突然之間，她發現自己在哭。

這是從哪裡來的？她立刻以雙手掩面，宛若鋼琴演奏會舉行之前的小女孩。

她再也不想這樣了，不想這種永無止境的計算，不要這種追逐，不要讓這種宛若過燙毛巾的燒灼情緒盤據心頭，徹底燒透。

夠了，夠了，真的夠了。

她有權承認自己累了，對嗎？而且也有權承認自己不再相信幸福結局，或者是「一切總會找到出路」的安慰話語，對嗎？

對嗎？

她渴望煥然一新，潔淨，她渴望平穩，她甚至想要回到自己先前的狀態。也許簽下棄權書之後就會如此，誰知道呢？

也許是遺忘。

也可能是從頭開始。

誰知道呢？

當然，她應該要當個堅強樂觀的人。不過，她現在想做不一樣的人，截然不同。現在她面臨了兩個選擇，一個是透過辛勤工作、自我說服，從坑疤內壁的小洞裡費力爬出來，讓自己變得「截然不同」；或者，只要迅速簽個名，就有可能達到這種狀態……她有權老實承認自己其實想要選擇更輕鬆的路徑，對吧？

他走了一小段路，到達路底之後又掉頭回來。

他不能在她窗下站太久，看起來很可疑。

而且，他知道他還有一點時間。

他猛力嗅聞空氣，等待適當的那一刻到來。

他好想吃漢堡。

但得要等一下。

愛蜜莉坐在餐桌前，寫下了自己的生命之書。

如果她要離開的話，必須至少要做出一點解釋。

當她坐下來，開始以一行接著一行的字句填滿空白紙頁的時候，她臉上的淚水也已經乾涸了。等到她寫完之後，她以顫抖的手將它舉起，現在必須要速戰速決，以免她等一下會改變心意，又突然轉為樂觀。在沮喪情緒中載浮載沉的人，總是擔心希望會殺得他們猝不及防，然後，所有的絕望之情都沒用了。她把那些紙摺好，塞入某個長型白色信封。

當她封緘的時候，覺得信封在手中發熱。她還沒來得及搞清楚怎麼回事，那封信已經變成一團火焰。愛蜜莉嚇得丟開，紙頁還沒觸地就已經成了熱燙的灰燼。

其實她早就知道會發生這樣的事，不是嗎？

這世界有不能揭露的秘密，絕對不能公諸於世，因為違反了規則。她永遠找不到終點，這是另外一個退出的好理由。

她現在的心情是從所未有的篤定，她匆匆進入臥室，從地上一把抓起那份棄權書。

她回到客廳，填寫細項，現在的她動作行雲流水，是吧？

她突然做出決定，迅速不負責任的決定，好爽！她一氣呵成——表示這出於真心，對嗎？她生龍活虎，對嗎？

她火速填完表格。突然之間，她可以控制心緒了。一切的專注重點就是迅速完成，再也不回頭。她還有四分之一秒可以改變心意，不然，馬上就得把名字簽署在這張紙下方的指定位置了，不過，她直接跳過這四分之一秒，根本沒低頭，直接簽名。

他的時刻已經到來。

發生中。

宛若正在烘焙蛋糕的烤箱定時器，發出了完成的輕柔叮響。現在他必須要精確掌握時機，他朝她的住所走去，手指摸到了口袋裡的那根小鐵絲。

撬鎖，這是另一項重要能力。其實，不該這麼說，也許更應該稱之為努力學習而來的技能。

當愛蜜莉把筆移開紙面的那一刻，她心中的激動也消失了。

她頹然往後一倒，慢慢消融鬱積心中的緊張感，眼前的那張紙也慢慢消失不見，隱沒在空氣中。她深呼吸，再呼吸一次，然後一臉驚恐睜開雙眼。

我剛才到底做了什麼？

她想要離開沙發站起來，卻發現雙腿已經無力支撐身體。

就在這個時候，她的自我毀滅衝動已經完成擔綱角色，離開了她的身體，她正式告別巧合製造師之後，看到了眼前的完整景象。她心想：這是我人生的決定，就這麼完成了嗎？

她開始呼吸困難，彷彿空氣變得混濁。她告訴自己：這其實不是我要的，那不是我。焦急的指揮官在對已經聽不見指令的飛行員大吼：「中止！立刻中止！」

她想要趕緊擦去簽名，但那張紙已經不在了。身為巧合製造師的一切已全部消失，除了那宏觀全局的能力，她這才驀然發現了導致她走到這一步、跨越邊界的那一條路徑。不，不，不，怎麼會這樣。

門口傳來一陣微弱聲響，引發她的注意。門打開之後，她看到站在門口的那個人的臉龐掛著歉然微笑，她想起了剛開始上課的時候，一直齧咬心頭的那個問題，她從來不敢問。

就在她癱倒沙發上、閉起雙眼，還有最後一絲氣息之前，她不知道要是自己當初在課堂上大膽問出那個問題，是否還會走到這個地步——「巧合製造師之中也有巧合製造師嗎？」

摘錄自《自由選擇，邊界與經驗法則》
——第三部之課程工作手冊

穆瑞爾．法博里克在她的著作《加碼植入》中，曾經提出大多數的人做決策時會犯下的六大錯誤。她的方法成為巧合製造師多年來探知事件主角可能會犯下何種錯誤時的基本通則。

棄絕。根據法博里克的理論，最常犯下的錯誤就是根本不選擇。在這種狀況下，事件主角不肯冒險或是利用任何機會，而且通常是任由「現實」為他作主。這種問題的肇因，是因為做出選擇也就等於放棄了它的其他可能性。「棄絕型的主角」只看到了放棄而不是選擇，於是採取了消極的態度。法博里克解釋，選擇完全不作為，也是一種選擇，但糟糕透頂。（想要進一步研究棄絕的問題，可參考寇恩的著作，《為什麼會糾結？——如何為懦弱主角製造巧合》。）

恐懼。法博里克認為，除此之外，正確的選擇通常也是最令人害怕的選擇。這倒未必是因為它一定是最危險的，而是因為選擇這條路需要多一點勇氣。大多數的主角都傾向要歷經漫長複雜的思慮過程才能做出決定，但最後的抉擇卻與初始的相同——比較不那麼令人恐懼，或是他們本來就熟悉、不需改變或思考模式的選擇。

自我欺瞞。某些主角明白正確的選擇其實是令人更恐懼的那一個。為了要避免這樣的恐懼，他們創造出一套複雜的自我欺瞞機制，導致他們擔心做出不正確決定的同時還是做了這樣的決定（通常就是完全不作為的決定：可參考第一段）。在文獻中，這種錯誤也被稱之為「錯置的勇氣」或是MC（Misplaced Courage）。

悔恨。主角不斷回到抉擇的原點，一再檢視，直到沒有任何一種選擇能夠完成目標，最後全成了錯誤的抉擇。麥可森的「黃金巧合」方法的最重要規則之一就是源於這種錯誤：「不能讓主角回頭又考慮再三，尤其萬一他是B級以上的白痴，更是萬萬不可。」

選擇過多。許多當事人想要盡量找出各種選擇，為了要確保自己真的在「選擇」。巧合製造師有時候也會犯下這樣的疏失，誤以為要是能有更多的可能性，那麼選擇就會更好、更富有意義。其實，法博里克認為，從某種角度看來，各式各樣的可能性會傷害我們做出適當抉擇的能力，對我們沒有幫助，而且上述四種錯誤出現的機率也會大幅增加。

獨創性。因為缺乏自信，以及擔心後續影響而飽受煎熬的那些主角，傾向選擇特殊的選擇，因為他們覺得這似乎充滿了原創力或是獨特性。根據法博里克所蒐集的數據，為了要顯現獨特而做出的選擇，有八成以上被歸類為「平庸、愚蠢、慘不忍睹」。

當你要準備製造巧合的時候，記住這一點：雖然巧合製造師禁止左右當事人的自由意志，但可以讓他事先排除可能犯下的錯誤，或者，從另一方面來處理，運用那些普通的選擇錯誤，將巧合導向正確的方向。

17

麥可癱坐在自己的主管椅裡面，他拚命閱讀同一個段落，已經是第三次了。他待在自己位於三十五樓的辦公室，吸聞的是家具的橡木香氣，周邊掛滿了十七世紀中葉荷蘭藝術家的作品，但他還是沒辦法全心處理工作。

這種狀態已經持續了好一陣子。

自從那個冬日之後，這樣的日子出現的頻率也未免太多了。他把自己閱讀的文件狠狠摔到桌上，起身，面向背後的大窗，眺望市景。

一開始的時候，他想要努力對抗這種日子，他想要搞清楚為什麼自己會覺得如此糟糕，到底是什麼原因讓他心神不寧。那個不斷在夜晚出現的夢？當他早上起床離開家時，他的妻子又懶得在床上轉身面向他？他走向辦公室時擦身而過的嬰兒車？

他覺得要是能夠明確指出當天到底是什麼害他心情失衡，他就可以將每日的抑鬱一掃而空，再次恢復本色，當個充滿效率、敏捷、有領袖風範的商人。

隨著時間流逝，他也接受這種日子必然存在的事實。

一大早起床就感受到心中那個大破洞的日子。

有人輕聲敲門。

露了一點門縫，出現在門口的是他的秘書。

「麥可？」

他轉身，立刻開始扮演微笑老闆的角色，「嗯，薇琪，有事嗎？」

他總是吩咐秘書們直呼他的名字就好，其實，這句話也告訴了他所有的員工。

薇琪說道，「有幾份文件需要你簽名。」

「沒問題。」他走到偌大辦公室的另一頭，她關上房門，交給他多份文件，他心不在焉地隨意翻閱。

每一次他都心跳加快。而這一次，他覺得異常激昂。

他簽了某份文件，然後又開始簽下一份，佯裝寫下的那些字需要全神貫注。他的鼻腔盈滿了她的香水，他的知覺敏感的程度讓他飽受煎熬，因為他們之間的距離、兩人站立的角度、他的右肩幾乎靠住了她的左肩，還有她的金髮（今天，真是太開心了，她沒有把頭髮綁起來）、她的綠色眼眸、嘴唇，還有她上衣貼身的姿態……

他一直是自我控制良好的人，但一個人能夠耐受多少的寂寞？

他可以稍微挪動一點距離，兩人雙臂就會碰在一起，不然也可以伸手撫摸她的後腰。他知道這樣的動作一點也不低俗，一定很美妙。

這女子啊。

他好寂寞。

他知道，他就是知道，要是他稍微動一下，她就是他的了。許久之前，從她在他身邊的一舉一動，還有她凝視他的方式，他就感覺到了。他多麼渴望……

他把那些文件還給她。當她從他手中接下的時候，手指幾乎碰觸在一起。

他問道，「就這樣？」

「對。」

兩人站著面對面。

很接近，實在太靠近了，這樣的距離絕非偶然。他望著她的雙眸，發現她也盯著他。不過，得要採取主動的人是他，他只需要往前彎身那麼一點……

四秒鐘過去了。一男一女之間互相凝視的四秒鐘，絕對不是單純的四秒鐘。他轉身，準備走回自己的辦公桌。

「很好。」他的語氣宛若一切都不曾發生一樣。

「好，謝謝，」她也跟著演戲，「再見。」

她離開了辦公室。

他深呼吸，知道這次竭盡努力做出正確之事幾乎讓他崩潰。他一屁股坐在椅內，轉身面向窗戶，搓揉灼燙的雙眼，好，顯然今天又跟那些日子一樣。

❖

蓋伊看到那名秘書，雙臉微微漲紅，離開了他的主角的辦公室。

他知道她看不到他，讓他有些尷尬，他覺得自己像是低劣至極的偷窺狂。自從他不再擔任幻想朋友之後，某人明明朝你的方向望過來，但卻看不到你的那種感覺，已經變得很陌生了，他沒想到現在這種感覺居然如此強烈。

皮耶已經對他下達明確指令，宛若突擊隊任務，進入，執行，離開。

蓋伊只是皮耶繁複巧合世界裡的一個小嵌齒，功能就是要讓麥可在指定時間身亡，這必須要在今天發生，就在短短幾個小時之內。

他詢問皮耶，「我回來的時候，你會在這裡嗎？」

「不會，」皮耶回道，「我有好幾件緊急事務得要處理，幾個小時之後再見了。」

好，所以就只剩下他一個人，站在昔日小麥可的辦公室外面，全世界這麼多小孩，居然就是他。

不過，有時候就是得下手。

他努力回想自己與麥可在一起的時候到底是什麼模樣。西裝的顏色，眼珠的色澤。

他深呼吸，做出多年前的那個動作，直接進入那道關閉的房門。

❖

麥可知道為什麼會出現這樣的日子。

它們之所以會到來，是因為米卡現在與他就像是室友一樣，根本不像夫妻。更糟糕的是，他們還是那種純粹因為租約還沒到期，所以只能將就繼續住在一起的室友。

他一生的摯愛現在幾乎完全不與他講話。即便是在意外發生之前，她也過著像是鬼魅的生活。白天去上皮拉提斯，晚上坐在電視機前面緊盯螢幕不放，背對著他，晚上悄悄啜泣。

原來，悲傷會反覆不歇。

他認識她的時候，他依然是個野心勃勃的年輕創業家，當時他去參加會議還會發表演說，不像現在只為露個面而已。當時刺激他向前的動力是創意，而不是一成不變的各種戰功。

他們之間某個共同認識的朋友（因為當時他依然覺得他們有合理原因可以當真正的朋友）把這名女子介紹給他，他從來沒有看過眼眸如此迷人的女子，他覺得要是能與她共處一段時間一定會很開心。

在第一次約會的兩個禮拜之後，他知道她就是自己要共度一生的對象。以往有人說出這種話的時候，總是引來他哈哈大笑，但他後來才知道不可能有其他方式解釋這種感覺。

那天，他們待在她家。當時他們本來打算要在當晚出去，結果卻發現兩人的心底都對於同樣的地方、人，以及選擇感到厭倦又疲累。他們還注意到兩人擁有某個相同的秘密，世界上其他人所稱呼的那種「開心時光」，已經讓他們受不了。他們試過了各式各樣的咖啡組合、餐廳、夜店，還有電影院之後，突然驚覺他們真正的盼望是只要兩人在一起就夠了。

麥可很篤定，他們的關係會在那一晚就劃下句點。要是沒有以社交場合為背景、與對象持續交換珠璣妙語來進行互動，他還真的是很不習慣。如果他們不打算出門或是從事什麼活動，那麼他們之間的關係又得靠什麼作為基礎？這就是他面對女人的方式：他靠機智贏得芳心，以共通的興趣與各式各樣的變化增進情趣——但靠的並不是自己的坦誠。他心想，這就像是在某間鬥陣俱樂部一樣，關係的第一守則就是不要談論關係。重點是絕對不能靠近最殘忍的事物——平庸。要有源源不絕的刺激或是驚喜，得遠離沉默，不談論天氣與日常。

他擔心既然他們決定已經沒有地方可去、完全不想出門，某種具有侵蝕性的沉默將會侵入他們的關係，日常生活的沉悶會摧毀兩人培養而出的樂趣與快感。

然後，他們一起坐在她家客廳，周邊被他先前從來沒注意過的一堆舊書與唱片所包圍，聽著牆壁另一側的鄰居在哼唱歌曲，在無知無覺的狀況下，兩人的呼吸開始同步，雖然依然沉默，但他突然找到了截然不同的連結感，不再與樂趣相關，而是別的心情。更加緩慢，沒那麼緊迫，濃厚又溫暖。顯然，除非能夠與對方安適沉默相處，否則永遠不知道她是自己的真愛。

米卡暫時跳開這樣的濃密氛圍，站起來，走向她的書架，然後，她又坐在沙發上，向他示意，坐在她的身邊。

「來吧，聽些美好的文章。」她打開了摺角作記的書。

他們坐在那裡一整晚，她以溫柔悅耳的聲音朗讀，他專心聆聽字句之間的靜默空檔，黎明破曉之際，他知道她是他的真命天女。

之後，每週約一兩次，當他們的愛漲升到高潮，但又沒有那麼倦累的時刻，他們就會在夜晚為彼此朗讀。

他為她朗讀尼爾．蓋曼與薩法蘭．弗耳，而她為他朗讀的是雨果與卡繆；他唸普萊契讓她開心，她以海明威讓他大受震撼；他以哈蘭．柯本撫慰她，而她以馬克．吐溫讓他驚呼連連。

這些作家都是他們的貴客。驚悚小說、戲劇、一般與艱澀的作品，甚至還包括了蘇斯博士。

全都是他們自創的戀人絮語的一部分，遠離了世界的目光，浸淫在為彼此閱讀的漫漫長夜之中。

十二月三日的早晨，一切丕變。

麥可覺得那一天是他生命的中央點，建構靈魂的那一連串事件的高斯曲線尖峰。因為在那一點之前，一切揚升，越來越高，但也就是自此之後，一切開始崩解。

當時，米卡成為他妻子已經將近兩年之久。

那天早上，啟發他生命的女子進入了車內，元氣飽滿，繼續迎接擔任數學老師的一日。她發動她的小車，手腕輕輕一扭，打開了他們愛情終曲倒數計時的時鐘。

全世界唯一能夠讓他情緒高亢、笑到岔氣卻不會害他臉紅的女子，把車開了出去，背景音樂是艾拉．費茲傑羅的歌聲，空調是送風模式。這個已經讓他決定要與其一起生小孩的女子自顧自哼唱，一如往常，因為她就是喜歡哼歌，偶爾瞄一下鏡子。當他在那天早晨接到電話的時候，他並不知道，她，他的唯一的「她」望著那一面看了無數次的鏡子、撞到某個三歲小男孩之後，他們生活的裂縫變得有多麼深。

他一直不懂出了什麼事。

為什麼一個三歲小孩會在沒有人注意的狀況下跑到街上？還有，為什麼？他的討厭又可憐的父母跑到哪裡去了？

米卡就像是被某人拿扇搧熄的蠟燭一樣，自那天之後就再也沒有亮光。

她回家後，早在那緩慢的審判、失眠之夜、無盡的哭泣與自我憎惡發生之前，他就已經無法攻破她的全新盔甲。他無法阻止她大吼解釋她不要不要什麼都不想要因為她不配不配就是不配擁有任何事物，還有第一個第二個第三個心理治療師以及婚姻諮商師和安眠藥，每次她上車時狂吐，充滿密密麻麻小字的日記，然後某天突然抓狂把它抓起，在某個冰寒刺骨的冬夜，躲在屋子後面，流著絕望之淚將它燒毀，還有兩人企圖傷害彼此的心寒又尖銳的爭吵，她痛恨自己所做的一切，曾經屬於她卻已經消失無蹤的所有樂觀——就連在這一切發生之前，在她回家的同一天晚上，他已經感覺到有一塊厚重的黑布裹住她的心、悶死了它。

他試過各種療方。

他很想帶她來一趟小旅行，幻想他們會敞開心房，聊一聊這起事件，然後她會大哭，他會安慰她，兩人擁抱，他們會繼續深談，接下來努力轉變話題，他們還會在早晨健行一小段時間，他會講些終於能讓她露出微笑的蠢話，最後，等到他們回家之後，緩慢而美麗的療傷過程終於就此展開。

他會和她吵架，故意挑釁，幻想之後他會返家，以誇張姿態跪下祈求原諒，然後她能夠再次展露那睿智的面容寬恕他，緊緊抱住他，說出自己有多麼需要他，然後，他會雙手扶正她的身體、將她抱起，以吻療癒她，就只有吻。

他也會刻意一整天不聯絡，幻想她終於打電話給他，請他與她講話，然後他大發慈悲，兩人在電話裡同時哭出來，他會喚起兩人已經遺忘的沉靜時刻，讓她知道回到從前是有可能的，她值得他以這樣的方式愛她。

這所有的幻想完全沒有意義。

他們會在某間小屋過了沉默不語的三天，小小的爭執會成為巨獸，害他說出了無意撕裂她另一小片靈魂的隻字片語。而且，她也從來沒有打電話給他，所以他沒有機會說出她值得這一切。最近，那種全然退敗的感覺壓得他喘不過氣來，他萬萬沒料到會出現這種情景。他從來沒想到自己也會有已經下了班，卻繼續在辦公室磨蹭一小時的一天，全因為他不想回到家，被她所挖的壕溝團團包圍。

他一直不敢相信他會讓自己置身於這麼愚蠢的辦公室戀情情境之中，遊走在道德邊緣，只是為了要體會些許活著的感覺，感受一點自我毀滅的衝動，因為，憑什麼只有她一個人可以陷入瘋狂？要是有哪個人在十二月三號告訴他，他將會變得如此寂寞、挫敗、不滿又憤怒，而且差點就與自己的秘書出軌，也就是小說裡最常見的老掉牙情節，那麼，他一定會當場把對方開除，因為對方傲慢愚蠢，一定是在上班時喝得醉醺醺。

然而，他卻落到這步田地，而且他知道下一次一定會出事。

「啊，靠！」手指用力揉壓佈滿血絲的雙眼，再次怒氣沖沖眺望這座城市。

「對，我懂你的意思了。」他聽到後頭有人說話，立刻轉頭。

當他看到對方滿臉笑意、坐在他的書桌上時，他花了好幾秒才認出那是誰。他恍然大悟，也在那一刻體悟到今天真的是超可怕的一日。

曾經，在麥可還不是靠名片界定身分之前、還沒有足夠的錢買下自信之前，他也曾是個不太懂十歲之下人類互動關係的矮小男孩。

他會在學校操場無人使用的時候四處亂晃，很好奇其他小孩為什麼能夠互動得如此自然。每當他在團體之間玩耍，或是在課堂的一小撮人面前得開口的時候，他就會陷入驚呆，嘴巴閉得緊緊的。他不知道其他人怎麼看待他，但他確信大家一定會嚴格檢視他的一字一句。

他是那種寧可按兵不動以免失敗的年輕人，而且他認為每一次的人際活動都會有不明理由的失敗風險。

直到有一次，他站在全班面前、發表一場有關鯨魚生活的可怕演說，這是他的回家功課，他體驗到現身在群眾前的強烈興奮感，他內心的某個部分已然碎裂，又重新修補完成。一個禮拜之後，他在學校操場參加足球比賽，得了一分，讓自己被世界看見，就是那麼簡單。

不過，在此之前，他有他的小士兵，還有附近公園可以觀察小蟲生活，在完全不會抱怨的自然世界裡進行他那些髒兮兮的科學小實驗，而且，他還有「中約翰」。

「中約翰」是他的幻想朋友。

他不像麥可的叔叔那麼高，所以他不是「大約翰」，他也不像全班最小的同學薩夏那麼矮，所以也不能叫他「小約翰」，他就是「中約翰」。一開始的時候，「中約翰」主要是在冬天陪伴他，遇到這樣的時節，他無法到公園玩耍。他們會坐在他的房間裡，一起消磨時光。有時候，麥可會與他說話，告訴他有關學校的事，還有那天他沒做的事，約翰會提出非常睿智的建議，或者，至少聽起來是如此。他所說的話可以強化麥可的決定，也可以提供改變的可能性。麥可會躺在床上，努力弄懂約翰到底是什麼意思。有時候，麥可會再次幻想約翰，詢問約翰的意思，而他也會再次提供各種詮釋角度都說得通的解釋。

不過，通常他們兩人就是與士兵一起玩耍，不然就是麥可會告訴約翰有關這個世界的事，或者自己玩小士兵，約翰則坐在一旁，讓他感覺到自己並不孤單。

之後，等到天候許可的時候，他們會外出到公園，麥可四出奔跑，專心觀察隱身在公園裡的野生生物。他偶爾會呼叫約翰，將他的新發現拿給約翰看。約翰會點頭微笑，有時候也會跑過來看一下，但通常都是坐在長椅那裡，望著麥可，在遠處守護著他。他必須如此，因為他身穿帥氣西裝，不能在公園裡弄髒。

他有時候會說出類似這樣的話：「你不需要做決定，只需要感覺就是了。隨著現在的狀況一起流動，最後的決定會自己現身。生活就是你當下所做的事，而非之後。」含蓄一點的說法，這句話的意思含糊不清。麥可覺得其他的金句就明白多了，比方說：「這世界上大多數的偉大成就之所以會實現，並不是因為某人特別睿智、勇敢，或是天賦異稟，而是因為有人絕不放棄。」

也有彆扭的時候，他們沒辦法出去，因為麥可的媽媽不知什麼原因就是不允許。他自己玩小士兵，而「中約翰」站在那裡，眺望窗外。麥可玩到一半的時候，揚起目光，想知道「中約翰」在窗邊到底在做什麼，他站在那裡幾乎是動也不動，麥可忍不住問他，「一切都還好吧？」

「中約翰」回他，「將來，總有一天，有人會把關於愛的各種故事告訴你。千萬不要相信他們告訴你的內容，愛不是轟然而至，它不是爆炸效果，也不是天空煙火或是攜帶大型布條在天空翱翔的飛機。它緩緩傾注進入你的皮膚之下，安安靜靜，根本不會引起你的注意，就像是抹油一樣。你只會感受到某種暖意，某天，當你醒來的時候，赫然發現皮膚之下已經被某人所團團包圍。」

麥可問道，「這樣的話，表示一切沒問題嗎？還是問題大了？」

對，沒錯，「中約翰」就是這樣。不過，通常他會說出的話比這還更明確一些。然後，自從麥可得到人生中的第一分之後，他就像負責任的成人一般，就此消失不見。

現在，「中約翰」穿的還是那件西裝，但看起來已經不像當年那麼光鮮，他坐在桌上，雙腿交疊，對他露出的表情還是一模一樣，那種說了一堆等於沒說之後的燦笑。

「中約翰」說道，「你也知道，我來這裡一定有原因，看來你又需要我了。」

麥可心想：我不想回應他，這是不是緊張崩潰的徵兆？八、九歲時所幻想的那個人，居然在你成年之後回來找你？現在是不是該開始吃藥了？

「你沒有瘋，」約翰說道，「純粹就是需要找個人聊天罷了。」

麥可回他，「我不需要找你講話。」

「哦，你回話了——這是一大進步。」他從桌面起身，站在麥可身邊，與他一起眺望風景。

「好，麥可，怎麼了？我看得出來，我們的生活有了大幅提升。」

「沒事。」

「你看起來很心煩。」

「我正在和我童年時期的幻想朋友講話，某個留軍人短髮穿廉價西裝的傢伙，這太不正常了。」

「這極為正常，」約翰回他，「大家都會做一樣的事。」

「沒有，別人才不會。」

「好吧，也許別人不會特別找我，但大家一直都會與自己展開小段對話，人數多到一定會讓你嚇一大跳。有時候他們在心裡默默開口，有時候則是大聲講出來，各個年齡層都有，需要幫助的人通常最後都是向自己求援。」

「我不需要幫忙。」

「你確定嗎？」

麥可沒回應，下方街道小車的車流模式不斷重複。

「你沒在生氣，」約翰說道，「也不是心生絕望，其實你也不算是孤單，你一直在渴望——這才是你的真正狀況。」

他暫停下來，等待麥可消化沉澱這一段話。

「你渴望的是自己曾經認識的那名女子，而當你回家之後，她已經不再是原來的模樣。你一方面擔心她永遠消失，另一方面則是無法往前走，將她拋諸腦後，因為你依然盼望她可以回來。」

麥可回他，「你在胡說八道。」

「但是，」約翰沒理他，繼續說道，「每一次你都想要一把將她拉回來，你覺得你需要恢復以往的愛與了解，找回你以前的米卡。這樣是不可能的，以後一定是新的米卡，美好、值得你愛的米卡，但已經是一個全新的人，增加了其他的層次。新的愛情絕對不可能一蹴而成。這一點你早就知道了，它發生得很緩慢，一步接著一步，宛若一滴滴落下的水珠。」

「我已經過了可以從頭開始的那個年紀。」

「你當然可以，而且你一定得這麼做，你會重新建立某種熟悉的感覺，你需要大量耐心，也必須要冷靜心情。」

「我累了，約翰，這對我們來說已經太遲了。」

「不是，當然沒有。」

「靠，明明就是。」

他們繼續站在那裡好一會兒，安靜無語，然後，約翰說道，「我覺得，愛是一種非常難以量化的感情，很難進行評量。我們感受到愛的機會微乎其微，而當我們深陷其中的時候，一直無法明確定義我們需要的愛的分量到底是多少。這也沒關係——這世界上本來就有許多不該被測量的事物。從另外一方面看來，渴望，是一種比較明確的情感。根據渴望的量，我們會知道自己對於那些已經從我們身邊消失的人到底有多麼思念。麥可，你很幸運，你是在依然還有機會可以修復愛情的時候體會到了渴望，大多數的人渴望的時候都已經來不及了。而你呢，可以從自己的洞穴裡往上望，就會知道自己陷得有多深，只要你願意給自己一個機會，你就會知道自己能夠到達多高的地方。麥可，只要她沒死，你就能再次發現愛她，以及被她愛的方法。『太遲了』這種說法，屬於另一種類型的事件。」

「對於大多數的人來說，渴望只是一種證據——他們曾經愛過，但如今已經太遲的證據。麥可，你可以跳脫這種處境，對你來說永不嫌遲。」

麥可轉頭看向他，但「中約翰」已經不見了。

18

亞伯特．布朗決定要等電影結束之後下手行刺目標。

這是一齣動作喜劇，亞伯特喜歡的類型，他已經看過兩次了。脫離現實的程度不至於太離譜，還算好看。大約過了三小時之後，他的目標就會從那棟建物離開，然後左轉，走二十五碼，到達車庫的入口。亞伯特可以在這二十五碼的距離之中殺死對方，他不知道到底會如何。

就他所知，那棟建物並沒有裝潢工程，所以，十二樓墜下的鍾子這一招似乎是不太可能。另一個腳本是某輛車子暴衝，斜插人行道，但他也否決了。這二十五碼的馬路到處都是電線桿，絕對可以防堵這類的意外。而且，他的目標似乎體格健康，所以心臟病突發也不合邏輯。也許是一起失控的搶案？

他有一本黃色的小筆記本，裡面記載了讓下手目標從這世界消失的各種方法。奇怪的意外、突如其來的攻擊——他都一一目睹過了。他努力研究，想要找出某種模式。他所遇到的一切不可能純粹是巧合，也許他就是幸運之人，或者恰恰相反，他總是替別人帶來厄運，搞不好兩者兼而有之。

好，他很快就會知道是怎麼回事了。電影就要開始了，如果演完之後，他立刻到達那條街上方的定位，那麼他就可以有一個小時的時間等待襲擊發生，這樣的時間安排應該剛剛好。

他買了電影票。

❖

「中約翰」站在樓層底端的洗手間，凝望鏡中的自己。裡面的映像緩緩發生了變化，本來是全世界難得一見的堅毅長臉，卻成了某個一般巧合製造師的臉龐，神情變得更為柔和。這名巧合製造師的雙眼濕潤，要是再多眨個幾下，淚水就真的可能奪眶而出了。

對方會相信嗎？會不會有人相信幻想朋友所說的一切，純粹因為這是由他所說出的話？

當時，卡珊卓拉是這麼說的，信任與愛相伴隨生——這是她對於這個議題的標準。

她閉上雙眼問道，「你準備好了嗎？」

「是的。」

雖然她背對著他，但是當她問出「你確定嗎？」這句話的時候，他還是可以聽出她的笑意。

「是，」他又回答了一次，「我不知道妳要怎麼做，我想我辦不到，更何況是和妳一起。」

「信任與愛相伴隨生，」她說道，「『愛我』與『相信我』的力量相輔相成，它們手牽手，一同穿越了歷史進程。」

他伸出雙臂，有一點緊張。

「這是一種令人著迷的感動，」她說道，「在此刻之前，我從來沒有把自己交付給任何人。」

「儘管後傾吧，」他說道，「我會抓住妳。」

「我從來沒有相信別人的理由。其他人信任我，他們需要我，但我不需要他們。突然之間，我現在明白我得要找到某個能讓我信任、不會傷害我的人。」

「嗯，」他說道，「我覺得妳搞錯了方向，我們現在討論的是信任，而不是傷害。我永遠不會傷害妳，要保持樂觀，好嗎？」

「好，對，我知道。但其實這樣一來就賜予了信任那種力量——可以傷害我的權力，對不對？」

「嗯……對……也許吧。」

她哈哈大笑，「真是太美妙了。」

「美妙？」

「難怪大家會做這種練習。如果對象是根本傷害不了你的人，你也無法與對方產生連結。這就是美妙的地方。我從來不予許任何人進入這樣的位置，這讓我覺得……我是真正的……」

「真正的什麼？」

「人類。」她張開雙臂，往後倒下。

他洗了臉，讓冷水的冰涼感帶他回到現實，就像是剛睡醒的時候一樣。鏡裡的那個他面露疑惑，小水滴從下巴低落而下。

他想要向自己解釋現在這種感覺，宛若以濕滑雙手抓住某條恐懼的魚一樣。

也許這就是背叛過後會有的感覺。

他有愧職守，跑到某個信賴你、身處艱難處境的人面前，對他說出了某些打氣的話語。然而，其實你只是以漂亮話術包裝自己的卑劣企圖。某人以為你總是站在他那一邊，或許以前是吧，然而你現在卻利用他對你的盲目信任當成某種阿基米德的支點，將地球朝你期盼的方向舉起來，而他卻永遠不知道。

蓋伊覺得，有那麼一時半刻，他也感受到了一絲釋然。

他之所以釋然，是因為這並不是最慘的；他之所以釋然，是因為他可以執行這個噁心的任務，但卻不需要說出連自己也不相信的話，比方說「改變的力量」之類的話。因為他真心相信渴望可以用以丈量愛情，他相信運用給予來療傷永不嫌遲。但一切都是徒勞。這個孩子，曾經是孩子的這個男人，活不過今天，再也沒有辦法運用這些哲理。但他並不算完全撒謊，他並不算全然愧欠自己的職責，在這最後一次的機會當中，他還是能當個朋友。

而或許吧，在他的內心深處，也有那麼一丁點的幸福感。

因為他能夠把自己的心情向某人傾吐，真正的肺腑之情。

他投入奉獻的時間這麼久了，一直在複述這些幻想他的主角們的想法，完全不曾表達自己的真正意見；去製造巧合，從來不會依照自己相信的對錯顯露立場。

好，現在，他能夠站在某人的身邊，而且真的——以不可思議的方式——協助了對方，這都是依靠他的原創想法，是他自己形塑的思維，別人從來沒有想過的那些念頭。

他盯著鏡內的那個人，這是他第一次覺得自己所凝視的映像並非別人。

要是給自己建議也能這麼簡單就好了。

他不需要當一個順從的映影。

不是為了別人，也不是為了皮耶。

他接受了太多理所當然的事物、無意義的命令。現在，他只需要去找皮耶，說服他，麥可不需要在今天死去。

他的心中有某種全新的感受在搏動。也許是責任感，也許是這麼久以來他缺少的那股精神。

他感到自己是真正地活著——就像是他與卡珊卓拉在一起的感覺一樣。

19

她開口，「飛翔。」

「就這樣？」他問她，「只是飛翔。」

「就先這樣，」卡珊卓拉說，感到抱歉似地聳了聳肩。「也許再過一會兒之後，我會知道我還想要什麼。」

「真的嗎？如果可以隨意幻想自己的模樣，想變成什麼都能夠隨心所欲，妳卻只選擇『飛翔？』」

「想變成什麼都能夠隨心所欲？」卡珊卓拉哈哈大笑，「我已經受夠了，你知道我因為這份工作扮演了多少角色嗎？相信我，這所有的角色都美麗，令人讚嘆。沒有人會把我幻想成醜陋或愚蠢的模樣。比方說，娜塔莉，她就把我想像得十分出色。我喜歡這樣的髮型，但這是她為我所做的設定，不是我自己的風格。能夠符合她的期望，擺出高貴自信的模樣當然很好玩。但我現在有了你，而且我一心想要當自己。所以，沒錯，要是我可以幻想自己的模樣，我就是想要這樣，自己的模樣，不是別人。但我還是想飛，飛到某個可以逃離那些評價我的人的高處，隨風飄移。」

「好，我承認，」他說道，「那種感覺應該是很棒。」

「你呢？」她問道，「要是你可以想像自己的模樣，那你會是怎樣？」

「嗯，」他回她，「老實說，我覺得我沒有什麼特別的想像。」

「一分鐘之前，你還笑我……」

「我知道，我知道，只是……」

「而且你老是說別人想像你做這個做那個，已經讓你受夠了，你想要為自己做些什麼。」

他不好意思地搔頭，「沒錯。」

「所以你想要幹什麼？」

「我……我不知道……」

突然之間，他東張西望，渾身不自在。

「麥可呢？」

卡珊卓拉問道，「什麼？」

「麥可？麥可在哪裡？」他起身，焦慮地四處張望。

卡珊卓拉語氣平靜，「他離開了。」

「不，不會吧，」他回道，「不可能，他應該在附近才是，我明明還在這裡。」

「不是，」卡珊卓拉迴避他的目光，「我看到他了，他帶著自己的小士兵回家了。」

「所以他現在一定在窗口看我或之類的事吧。」

「我想應該是沒有。」

「中約翰」抬頭望向那棟房子，麥可房間的窗戶緊閉。

他問得好大聲，「他坐在家中，然後幻想我待在這裡？」

「應該是不太可能。」

「所以我怎麼還會在這裡？要是他沒有在幻想我？我怎麼還在這？」

卡珊卓拉雙手環抱胸前，目光望向一旁。

「很可能……這個……應該是，我幻想你待在這裡。」

他面向她，一臉驚愕。

「妳？」

「對。」

「我不知道居然可以……」

「我也不知道……」卡珊卓拉回道，「但我看到他離開，而我不希望你從我身邊消失，所以我幻想你繼續待在這裡、陪在我身邊。」他努力想要說些什麼，但卡珊卓拉誤以為他的沉默是怒火。「我沒有逼你做任何事！」她開始哀求，「什麼都沒有。我只是幻想你待在這裡，並沒有要求你做什麼，只不過讓你待在這而已，真的，真的。」

他又走回長椅，坐在她身邊。

「好，」他說道，「謝謝。」

兩人靜默了好一會兒。

卡珊卓拉焦慮地問道，「有問題嗎？」

他回道，「絕對不會有任何問題。」

懸掛天空的太陽正緩緩西下。

有隻狗從他們面前經過，專注冷靜地追逐一抹陌生的氣味。

他說道，「我不知道我們可以幻想彼此。」

她問道，「其實，有何不可呢？」

她在輕輕玩弄領口的蕾絲，似乎在猶豫是否該說出某句話。

他問道，「怎樣？」

卡珊卓拉彎身，面向幻想她的那個小女孩，娜塔莉一直在他們旁邊忙著自己玩耍。「娜塔莉？親愛的？」

娜塔莉抬頭。

「時間晚了，」卡珊卓拉說道，「我覺得妳該回家了哦。」

「好，」娜塔莉問她，「要不要跟我一起走？」

「不，」卡珊卓拉對她微笑，「我要在這裡再待一會兒，好嗎？明天在這裡見嘍。」

「好，」女孩起身，隨便拍了拍骯髒的膝蓋。「卡珊，掰掰。」

卡珊卓拉回她，「親愛的，再見嘍。」

小女孩離開，卡珊卓拉又面向他。

她說道，「趕快幻想我。」

「我不……」

「趕快幻想我，讓我留在這裡。」

「但要怎麼做？」

「拜託，」她慢慢開始消失，忽隱忽現。「我不希望被時間限制了我們，趕快幻想我。」

他發覺自己心跳變得飛快。

這到底是什麼意思？

她是誰？到底是什麼？他閉上雙眼，低聲說道，「但我不想要決定妳之後的模樣。」

「讓我留在這裡，」她的聲音彷彿從某個遙遠之處傳來，「難道你不希望我留下來嗎？」

「當然想啊。」

不是她的長相，或是氣味與撫觸，這些都是枝微末節。而是別的，一定還有別的，他想起了她現身時所讓他產生的那種悸動……

然後，他開始幻想她。

兩人一起坐在長椅上面。

天空出現紅色與紫色的斑紋。

他的卡珊卓拉坐在他身邊，笑意盈盈的雙眼裡含著淚水。

「並不需要做什麼，」他對她說道，「純粹現身而已，就像妳先前所說的一樣，我就是想像妳待在這裡，妳想要怎麼樣都不成問題。」

她緩緩點頭，微笑。

她的長髮在飄揚，她開始哈哈大笑。

他問道，「怎麼了？」

「你是不是在幻想我的頭髮在飄飛？」她笑問他，「現在根本沒有風……」

「喂，」他說道，「這是我的第一次幻想，根本沒什麼經驗好嗎。」

「我也沒有，」她回道，「不過，你並不知道我在微調你的髮型和你眼珠的顏色。」

「我眼珠的顏色是哪裡不對勁？」

她哈哈大笑，「沒有啊，好得很，是漂亮的眼睛。」

他搖頭，「這不合邏輯。我正在想像的妳，是妳在想像的我想像的妳……」

「對，對，我知道你的意思，這陷入了某種循環，」她說道，「你得要習慣才行。」

他再次重複，「但這樣不合邏輯。」

她語氣平靜，「邏輯哪時候跟愛情有關了？」

這問題殺得他措手不及，「跟什麼有關？」

「怎麼了？我是不是說出了那個禁忌字眼？」她微笑說道，「大家都是這樣，對吧？類似這樣的封閉小圈圈……」

他們想像彼此，但很謹慎，不敢太誇張。

他心想，他們真的是一個封閉的小圈圈。這世界可能會消失，所有世人可能會停止幻想，所有的現實，就連真正的現實，也可能會腐敗崩解消融，被吸入虛無之中。就算這世界的其他部分全都沒了，而他們兩個會依然存在，以這種方式牽繫彼此。

他問道，「妳想不想飛行？」

「想啊。」

「我是不是該為妳想像出一對翅膀？」

「不必，只要想像我在天空滑翔就夠了。」

現在，她開始浮在天空，他也立刻跟在她背後飄飛。「嘿！」

她說道，「要跟緊。」

他們越飛越高，在彼此身邊滑翔，目光緊盯彼此不放。

「現在千萬不要停止幻想我的存在，」他低聲說道，「不要放下我。」

「我不會的，」卡珊卓拉回道，「不要擔心。」

他們離開下方的樹梢，降落在某個毫無陰影遮蔽、夕陽餘暉盡顯的地方。

「你也是，」卡珊卓拉輕聲細語，雙眼睜得好大。「千萬不要停，不要放手。」

他說道，「永遠不會。」

摘錄自《巧合製造界發展歷程的各個主要人物》
——必讀篇章：休勃・傑洛米・鮑爾姆

許多人都認為休勃・傑洛米・鮑爾姆是有史以來最偉大的巧合製造師。

鮑爾姆剛入行的時候，是一位正式的夢境編織者，在這段貢獻的期間，他因編織夢境的原創性與專業度一共贏得了三個不同的獎項。那時，他還是這領域中最年輕新秀之一，但根據他所屬部門的檔案資料，至少找出五十五件具有相當複雜度、表現俐落的夢想案件，而且，他至少有一百七十位的夢想主角提到了他們的夢境對他們的生活留下了正面影響。

大約在他從編織夢境領域退休的兩年前，鮑爾姆贏得了「運用夢境治療創傷」的崇高「多森獎」，成為有史以來贏得這個獎項的最年輕得主。

自此之後，鮑爾姆進入「設計關聯特殊部門」，待了兩三年之後離開。在某部有關他的傳記《鮑爾姆——推下第一個骨牌》之中，他解釋自己當時有一股強烈需求，想要從事不會被辦公室困住的活動。

當鮑爾姆開始當巧合製造師的時候，這個領域才剛開始起步而已。當時的巧合製造師主要負責的是策劃第三等級的巧合，但當時僅是那種「無意說出的老生常談」或是那種不太可能會發生的「刻意」巧合。

靠著在編織夢想界廣泛經驗的優勢，再加上在「設計關聯特殊部門」所累積的知識，鮑爾姆營造出一種新式、繁複、更細緻的巧合製造手法。在他的眼中，巧合也是某種「編織」，而鮑爾姆更發明了一連串有條不紊的步驟，讓巧合製造師自此之後改變了行事方式。

透過鮑爾姆的貢獻——根據多方說法，他依然在這個崗位服務——他負責了好些史上最複雜、最令人嘆為觀止的巧合，比方說亞歷山大．弗萊明實驗室裡的黴菌，讓他意外發現了盤尼西林；還策劃了電磁學、X光問世；以及安排暴風雨逐漸平緩時的某個時段，讓諾曼第登陸奇襲成功。除此之外，他還負責了其他重大歷史性與格外複雜的巧合，大部分都依然被歸為機密檔案，而某些應該是永遠不會曝光。

大家認為鮑爾姆是兩大領域的大師：進行與天氣有關／或是直接運用天氣帶來的改變（這需要有大量研究與高準確度），以及在一連串的巧合佈局中運用各種不同身分。他特別喜歡的裝扮與身分包括了口音不明的高瓠列車長、老園丁、通常名叫克萊瑞絲的胖胖理髮師。

鮑爾姆鮮少以他的真實性格現身，最近露面的場合是西班牙某一巧合製造師課程結業典禮，目前不知他身在何方，因為他目前是有職責在身的巧合製造師。

20

皮耶在心中再次演練那天的所有細節。計畫已經執行了一半，他必須要盡快到達公車站，因為按照計畫，他必須要在那裡與人吵架，裝出盛怒模樣。

要叫他假裝生氣，一向難度很高。他必須提醒自己找出合適的心跳節奏，才能順利演出。

當然，他現在的長相已經不像皮耶了。現在的他身材矮小，禿頭，步伐急快，鬍碴冒著汗珠。

在過去的三個月當中，他在這個廣播電台裡面四處閒晃，很少與別人交談，過了一陣子之後，他們以為他本來就是這裡的人，將他視為擋風玻璃上的微塵，不當一回事，也不需要特別費事去洗車。現在，他們已經很熟悉他的存在，卻完全搞不清楚他是誰。

終究，某人所受到的關注，永遠與特定區域裡的總人數成反比。這間電台夠大，而且各條走廊也夠長，所以他所受到的注目正低於他所界定的那條紅線：剛好就是沒有人會想要找他聊天、但每個人都覺得他很眼熟的那種程度。

他慢慢走出廣播電台。

一如往常，沒有人注意到他。在他們不知為何依然稱之為「唱片圖書館」那地方外頭的桌面，放滿了一疊疊的碟片，排放順序是那一天的節目表。

入口的秘書、唱片圖書館的總監、叼著一根未點燃的大麻菸裝酷四處鬼混的廣播主持人——完全沒有人注意到他匆匆走過去的時候，交換了兩張CD盒裡的碟片。

真的很簡單。主持人會以為他自己要播放某首歌，而等到他發現的時候，已經來不及找尋原來的那張碟片。他會結結巴巴說出什麼技術出包小問題之類的話，然後坦然面對狀況，直接播放另一首歌。有時候，根本不需要點燃大麻菸，思考也可能會變得有些遲緩。

所以他會演奏皮耶挑選的那首歌。

這是「巧合製造師課程」第一堂課的技巧：「歌曲操弄術」。

這一招呢，就是這樣的基本功。

他露出微笑。

21

愛蜜莉坐在白色月台前等火車。

看起來是這樣。

這裡確實很像火車月台，但卻是一片純白。不過，底下的軌道，就位在距離她不遠的地方，絕對是錯不了。所以，很明顯，她是在等火車，而擱在她腳邊的行李箱是另一個明顯的線索，但她之前並沒有打包任何東西。

從另一方面來說，她也不記得自己是怎麼來到了這個火車站。剛才明明還待在自己的公寓裡、簽下棄權書，生龍活虎，現在，她卻在這裡，某個火車站，而且已經死了。

她不覺得自己死了。她感受到冷冽空氣從鼻恐灌入她的胸膛，身體的重量貼著椅子，甚至還覺得有點餓。但她死了，這一點清清楚楚。這個念頭令人充滿壓力。雖然不知道接下來會發生什麼事，但卻感知到最可怕的狀況已經發生了，所以其實真的完全不需要擔心。這種狀況好詭譎，完全不需要擔憂未來會遇到什麼狀況。

她張望四周，想要確定自己的方位。月台向左右兩側無盡延展。純白潔淨，除了她的位子之外，完全沒有其他的座位。她面前的月台有道階梯，階梯下方是兩條貼地的黑色軌道。後方，白色的小草在微風中搖曳，一路延伸到遠方。還有許多小樹，同樣也是白色，以曲折線條填滿了地平線。

右方，稍微後面一點的地方，她注意到一根高大的方柱，最上方還安裝了喇叭。對，看來有某輛列車即將進站。她加大轉身幅度，看到柱子後面有個小亭子。當然，也是白色，還有個小窗口，窗口上方掛了塊招牌，淡灰色的字：「詢問台」。

詢問台？

這裡有詢問台？

她站起來，一度想要拿起那個行李箱，但又放棄。不會有人想偷這個行李箱，就算有吧，又有什麼差別？

她緩緩走向詢問處的窗口，努力鼓足勇氣，準備面對之後各種會發生的狀況。窗口後方坐了一名嬌小女子，身穿亮藍色棉質襯衫。她的笑容在臉龐蔓延出如細枝的皺紋，黑色短髮末梢搔弄著頸側的細紋，整個人看起來就像是字典中「友善」那個詞條旁邊的插畫。

那名個頭嬌小的女子抬頭，一臉笑意望著愛蜜莉。

「妳看到這招牌的感覺是什麼？」她問道，「一共有八個字母，第三個字母是『R』。」

愛蜜莉看著她，有些疑惑。「抱歉？」

那女子從窗口下方的桌上拿起某個東西，那是解題解了一半的字謎圖，「一共有八個字母」她又重複了一次。「不可能是『了不起』（Terrific），因為謎底的第一個字母不是t。」

愛蜜莉回道，「驚奇（Surprise）。」

「沒錯！答對了！」那女子歡欣鼓舞，立刻寫下來。「多虧了字尾的『E』，這也解決了我第二行的問題。」

愛蜜莉問道，「第二行是什麼？」

「要依照比例原則予以吸收的事物，」那女子回道，「十個字母。」

愛蜜莉沉思了一會兒，最後問道，「答案是什麼？」

那女子回她，「一切（Everything）。」

「一切？」

「哦，難道不是嗎？」那女子皺起雙眉，「兜得剛剛好啊，我這裡已經有了第六行的『I』。」

「第六行是什麼？」

女子檢視她面前的那張紙，「這裡：『在車站等候的這位小姐的名字』，」她問道，「愛蜜莉（Emily），對嗎？」

愛蜜莉回道，「嗯……對。」

「好，那就兜起來了，」那女子摺好字謎圖，把它推到一旁。「有什麼我可以效勞的地方嗎？」

「嗯……」愛蜜莉舌頭有點打結，「是這樣的，我不需要什麼特別的服務。我的意思是，我的確需要一點資訊，但我毫無頭緒，連該從哪裡問起都不知道。」

那女子問道，「那是否需要我也幫妳準備問題呢？」

「不需要，我只是……」

「沒關係，真的，不要緊。比方說，先試試『我是不是死了』這樣的問題吧？」

「我……我……我死了嗎？」

「對！」那女子語氣好開心，「但其實不是，算是某種死亡狀態吧。非常好，妳問的問題切中要害。這個問題怎麼樣？『火車什麼時候會來？』」

「我沒有打算要問那個問題，我……」

「哎呀，來嘛，『火車什麼時候……』」

「火車什麼時候……」

「會來？」

「火車什麼時候會來？」

「妳愛什麼時候都可以，」那女人揮揮手，「現在輪到妳試試看自己提問。」

「妳剛才提到『但其實不是』，究竟是什麼意思？」

「哦，很犀利的問題。」

「謝謝。」

「你有了很大的進步。」

「謝謝。」

「……」

「……」

「……」

「答案呢？」

「哎呀，對哦，」那女子說道，「我差點忘了要回答妳。其實妳不算死亡，我們就老實說吧，只有人類會死。而妳的……我該怎麼說，不算是真正的人類。好，也許妳曾經是吧，但是妳的狀況……」

「我以前是巧合製造師。」

「啊哈，現在妳正準備要進入下一個角色，這算是等候室吧。」

「等候室？」

「差不多就是那個意思。」

愛蜜莉問道，「為什麼它的外觀像是火車站呢？」

「我怎麼知道？」詢問台女子聳肩，「這是妳自己選擇的體驗，每個人選擇的體驗方式都各不相同。」

「而你……」

「對，只是妳心中體驗的某人而已。」

「所以妳是我的幻想？」

「不是，妳在體驗，我不是幻想的對象，我的確存在，只不過妳選擇以這種方式看到我，謝謝。對了，我喜歡妳這個髮型。」

「不客氣。」

那嬌小女子問道，「不過，順便問一下，妳怎麼會使用這麼多的白色？」

「我不知道，」愛蜜莉回道，「我一直到幾秒鐘之前才知道這是我自己創設的場景。」

「我倒不是說它不美，非常潔淨。」

「謝謝。」

「不客氣。」

愛蜜莉再次檢視車站，找尋線索，想知道之後的發展。

「所以現在呢？」

「妳就與其他的巧合製造師一樣，」詢問台小姐微笑答道，「妳在這裡等待某個魔咒。等到妳準備好之後，火車就會到來，帶妳到下一站。」

「是什麼？」

對方回道，「人生。」

「人生？」

「人生，貨真價實的人生，最美好的工作。規律、完整的生活，包含了一切。自由意志、衝突的各種感情、記憶、遺忘、成功、失望，那些有的沒的一應俱全。」

「我……我之後就會變成人了？」

「更精確的說法，女人。」

「有父母嗎？」

「更精確的說法，父親和母親。」

「生活在真實的正常世界？」

「親愛的，當然。」

愛蜜莉深呼吸，慢慢沉澱剛才領悟的一切。

「妳要知道，」那女子說道，「也許妳作為巧合製造師的身分已經死了，但作為一個人，妳就是還沒有出生。好，也許有人會說妳死了，但這不算完全正確，我也不能給妳錯誤或是不精確的資訊。」

愛蜜莉問道，「大家簽下棄權書之後都會如此嗎？」

那女子回她，「更準確的說法是，這是所有巧合製造師退休之後的結局。無論是主動要求或是被迫退休都一樣。」

「被迫？」

「妳知道嗎，除了簽署文件之外，還有其他的死法。」

「等到我投胎成人之後，我會記得自己曾經當過巧合製造師？」

「千萬不要啊，」那女子說道，「這就是那個行李箱的功能。」

艾蜜莉回頭望著放在她座位旁邊的那個紅色行李箱，「那一個嗎？」

「對，那個行李箱裡面裝滿了妳的回憶。等到妳上了火車之後，他們就會把它送到行李置放區。」

「然後……？」

「當然就不見啦，行李箱就是這樣，不會與乘客到達同一站。要是一起到達，就是某種失誤，至少在這裡就是這樣。」

愛蜜莉轉身，回去原來的座位。詢問台似乎變得更遠了一點，也不知道為什麼，看起來就是比實際距離遙遠。她坐下來，拿起行李箱放在大腿上面，她沒想到居然這麼輕。她把雙手放在鎖扣兩側，下壓。聽到兩邊同時發出喀啦聲響，雙手下方的箱蓋在顫抖。她凝望地平線的那一排白樹好一會兒，打開了行李箱。

箱子裡有她製造的第一起巧合。

還有那一吻，她永遠忘不了，但她一直覺得自己應該要記得更多細節才對。由於在夢境中反覆使用，這個吻已經略顯破舊。還有，「現代巧合製造史」上到一半、雨滴開始落下的時候，她迫不及待到外頭嗅聞它的氣息。

還有，檸檬香草冰淇淋味道之下所隱藏的那股氣息；她喝過的所有咖啡，從最淡最無聊的那一杯到最濃的那一杯都有，她不小心加了兩大匙咖啡粉，害她那天一直到凌晨四點才入睡。

還有，她的那些夢境。摺得好好的，微濕，彷彿她並沒有真正醒來，夢境疊在一起，最可怕的在下面，被行李箱底層的幽黑所吞沒，美妙瘋狂的那些夢則放在頂端，露出令人傷感的閃光。

她大開眼界——這一切怎麼能塞入這麼小的行李箱？腳踩綠草的感覺、失敗的苦楚、她最愛的那些鞋子、總是為她服務的那位女侍的名字、待在那間餐廳裡的蓋伊與艾瑞克、像是被針扎般的心痛、她的一切「幾乎」、她的成功、入眠之前的深夜小小醒悟（而到了早上，她確定自己就全忘了）、將軍堅持他們必須謹記在心的二十條規則、蓋伊沉思時那雙令人信賴的好看眼眸、霓虹燈發出的噪音、當她簽下棄權書之後立刻襲滿全身的麻痹恐懼感。

還有，那封信，她在辭職前沒多久寫給蓋伊的那封信。當她發現那不可能實現之後，想要拋卻的那一封信。好，就在這裡，完整無缺，沒有被燒毀，依然放在白色長型信封裡面。

她短促呼吸多次之後，拿起那個信封，喀一聲關上行李箱。

她急忙走向詢問台。那位個頭嬌小女子的筆懸在空中，目光盯著眼前的字謎圖。「妳現在的感覺呢？」她問道，「五個字母。」

愛蜜莉回道，「準備好了（Ready）。」

「嗯……可能吧，」對方回道，「我看看這答案是否與第十四行兜得起來。」她再次抬起目光，「好，親愛的，我該怎麼幫妳？」

愛蜜莉聲音在顫抖，「每一個準備要邁入下一階段——也就是人生——的巧合製造師，都會經過這個地方嗎？」

「對，對，我想是的，」那女人說道，「這種事不常見。老實說，你們沒那麼多人，而且你們也沒那麼焦急得想死，但最終你們都會經過這裡。」

「能幫我一個忙嗎？」

對方露出淺笑，「不然我在這裡是要幹嘛呢？」

愛蜜莉把信封交給了她，「可不可以把這個交給某人？」

那女子收下信封仔細檢查。愛蜜莉也說不上是為什麼，但她就是感覺對方早就知道裡面放了什麼。

「妳找到躲避規則的方法了，對嗎？」

「多少算是吧，」愛蜜莉回道，「我希望等到某人來到這裡的時候，妳可以轉交給他。他差不多這麼高，而且……」

「我知道妳在說什麼，」那女子回道，「我是說，我知道妳講的是誰。」

「是嗎？」

那個頭嬌小、笑意盈盈的女子回她，「當然，妳說的就是第十四行的答案，『那個年輕男人』，正好與妳剛才所說的『準備好了』可以兜在一起。」愛蜜莉又感受到那股跳躍的動力，她真想跑到月台的盡頭再衝回來。

遠方傳來即將進站的火車汽笛聲響。

「看來，」那女子的笑容變得更加燦爛，「妳真的已經準備好了。」

22

這棟建物的大廳擠滿了人。蓋伊坐在靠邊的某張小沙發上面，望著身穿西裝的人們在大門與電梯之間來回穿梭。

他還是沒有辦法就這麼走出去，到指定地點與皮耶會面。他迅速瞄了一下掛在前方的大時鐘，顯然他得站起來，迅速展開行動，他好累。

對，變化形貌終究是累人的事，但這只是他疲累的部分原因而已。他內心的自我正對他發出警告，他現在的行動與他所習以為常的一切都背道而馳。

他是否該勸一勸皮耶？他負責的到底是什麼案子？他應該要採取什麼立論？要拿出什麼樣的資料才能給他另一套理論？

這些在大廳匆匆來去的高層完全沒注意到這個癱坐在沙發上的哀傷年輕人。其實，他們何必要注意他呢？

要是他現在走向出口的自動門，他們是不是就會注意到他？或者，他是如此渺小又懦弱，就連感應器也無法察覺有人出現、不會為他開門？

也許他乾脆就坐在這張沙發上就好，等到太陽西下，皮耶會跑來查看到底是出了什麼事，為什麼他會毀了這整個計畫。看來他的職業生涯會在此劃下終點。很好，就這樣吧。

當初他進行第一次任務的時候是多麼生龍活虎啊。甚至在先前的課程期末考時也是如此。抄捷徑穿越叢林、迅速前進、雙眼專注、大腿肌肉發出痛苦尖叫，一心只想到要在月出之前找到自己的主角。當你不明白會出現什麼後果的時候，執行任務當然簡單。

那是一項煩人的任務，而且他還是不知道自己到底完成了什麼。不過，至少他好不容易說服自己，這是一項重要工作。

現在，遇到了真正重要的節骨眼，他卻無法動彈。不及格。

他走向緊急出口，推開了門。

❖

蓋伊猶豫不決，推了一下辦公室的門。

「哎，我說的『進來』到底是哪個字聽不清楚？」他一聽到將軍這麼說，趕緊將門大力推開。

將軍坐在他的原木辦公桌後面，挑眉看著他，滿臉期盼。將軍前方的桌面放了一個大型褐色檔案、某張寫滿密密麻麻文字的紙，還有一個頭部上下搖晃的玩具狗。蓋伊覺得搞不好每次當他下令他們進去的時候，就會刻意壓一下狗頭。

「進來吧，」將軍伸手示意，「坐下。」

這間辦公室相當簡樸。

有一扇方窗，無論是一天的哪個時候，永遠會有一抹方形光域投射在空無一物的光滑桌面。

角落有一個大型地球儀，想必也具有酒品儲藏櫃的功能，而正對它的那個角落則放了一個外套架，但上面沒有掛任何衣服。右側是一個有玻璃門的大書櫃，裡面幾乎空無一物，只有一本淡黃色封面的書，還有僅僅插放一片葉子的小花瓶，蓋伊一直不知道那是真的植物還是塑膠品。

沒有家人的照片，當然，沒有電腦，就連日曆也沒有。

不過，在辦公桌角落，也就是在那個點頭狗玩偶的遠方，放置了一個管理者專屬的玩具。蓋伊記得它的名稱應該是「牛頓擺」。五顆閃亮的銀球，每一顆都懸扣了兩條線，等待無聊的老闆將其中一顆拉到空中，開始規律的左右鐘擺動作。

蓋伊坐在將軍對面，靜靜等待。

將軍手裡拿了一張紙，自顧自哼唱。

「好，」他面向蓋伊，「如何？」

「我……」蓋伊說道，「嗯，我覺得不錯，是吧？」

「我哪知道。」

「對，對，很好。」

「什麼很好？」

「課程。」

「課程？」

「你問我課程的事，不是嗎？」

將軍往後一靠，專注盯著他。「你知道我喜歡你哪一點嗎？」

蓋伊回道，「知道。我的意思是，不知道。」

「你得到外界認可的心理需求，以及為達此一目的行動之最低要求的精妙平衡。」

蓋伊說道，「我想我應該是沒聽懂。」

「啊，反正也不該讓你聽懂我所說的一切，」將軍回道，「至少現在不行。」

蓋伊開口，「嗯，好吧。」

將軍繼續在自己的椅內搖晃，觀察蓋伊。

「我的成績嗎？」

將軍沒有回答，他似乎若有所思，蓋伊靜靜等待。「要小心，」艾瑞克與愛蜜莉曾經在他進來之前告訴他，「他今天心情很好。」

「對，就是成績的事。」將軍從自己的白日夢狀態醒來，瞄了一下面前的那張紙。「歷史很糟糕，有關操弄人性理論的部分倒是不壞，巧合的技術分析很好，還有其他科目我就不提了。別擔心，你不知道巧合製造師歷史的關鍵人物的確很荒唐，但我們並不是為了要看你在理論測驗中失敗而把你找進來。我們知道如何挑選自己的人馬，我也很確定在接下來的實務測驗中你可以過關。其實，我十分篤定，你們三個都不成問題。」

蓋伊回道，「真是太好了。」

將軍起身，開始在辦公室裡四處走動，雙手一直插在口袋裡。

「有兩類非常優秀的巧合製造師，」他說道，「就好比這世界上有兩種類型的人，自主引導生活的人，還有任由生活引導他們的人——也就是主動與被動兩種類型。」

「抱歉？」

「主動型的巧合製造師可能會有精采表現，但可能也很危險。他知道他可以掌控世界，而且很清楚要如何運用。他傾向把自己當成創作者或是藝術家。你的朋友艾瑞克就是這一型，有時候，這種特質很煩人。在課程期間，這個小變態在未授權援助的巧合之下，為自己至少安排了三場約會，而且，要不是我出手阻攔他計畫的最後階段，不然他早就贏得樂透了。要不是他是個天才，我一定把他趕出去。不過，這就是選擇主動型巧合製造師的風險。」

「你呢，剛好相反，態度十分被動，所以觀察你的舉動是一大樂趣。你不會把自己當成藝術家，比較像是一個銀行行員。被生活驅策四處奔波，你也安之若素，巧合的概念對你來說似乎是再自然不過的事。你是所有操作者的夢想手下。你收到信封，製造巧合；然後繼續收到信封，製造巧合。但另一方面，近距離觀察你有點悲傷。」

蓋伊其實沒有注意聽。愛蜜莉曾經警告過他，將軍講話習慣尖酸刻薄，想要以某種奸巧又激烈的方式打擊你的自信心，然後把這堂課的最後一個任務交付給你。「他在我面前滔滔不絕了十五分鐘之久，重點就是如果我不要那麼自信的話就會有多好，這樣一來，就能讓我的表現更臻完美。」她說出這段話的時候很焦慮，「他要是再多講個兩分鐘，我肯定馬上起身走人，不然我一定會踢他的膝蓋，狠狠踹下去。」

不過現在，很難忽視將軍的存在。

他的臉直接湊到蓋伊的面前。

「如果你想要在這一行更上一層樓，」他說道，「如果你的期盼不只是當個製造事件的披薩外送小弟，動不動就放棄的習慣，也應該要戒一戒了。也許這不像你以往的模式那麼容易，但收穫更豐碩，明白嗎？」

「知道了。」蓋伊努力站得直挺挺，壓抑那一股扭頭就走的衝動。

最後，將軍交給他這堂課的最後任務，然後走向放在房間盡頭的地球儀，仔細端詳，宛若第一次發現新大陸一樣。

蓋伊打開檔案，隨意翻閱。

他抬頭望著將軍，「上面說我必須——」

「對。」

「但其實——」

「沒錯。」

「只不過是要讓某隻蝴蝶振翅一下而已。」

將軍發出一聲短笑，「你沒有專心讀歷史，當然就會這樣。別小看這次的任務，絕對不是讓某隻蝴蝶振翅一下而已那麼簡單。」

「我知道這可能有點複雜，不過……」

「這些蝴蝶是頑固的小混蛋。以前，牠們不知道自己的重要性，但時值今日，牠們非常清楚自己的價值，如果牠們沒有意願，想要說服牠們振翅非常困難。找到對象很簡單，真正困難的是說服，而我們還沒提到時機呢。」

「這就是期末任務？飛到巴西，在雨林裡四處遊走，找到一隻蝴蝶，說服牠震動雙翅一下？

這實在……實在……有八〇年代風格。」

「不是雙翅，是一隻翅膀，你要看清楚。」

「但艾瑞克被指派的任務是安排三人面會，促成他們建造一座新城市。愛蜜莉收到的任務是得讓住在布拉格的某人發明某款紙牌遊戲……」

「而這就是派給你的任務，內化，執行，不需要任何行動都像登陸月球一樣那麼誇張，例常性的小舉動也同樣重要。」

他拉起其中一顆銀球，讓它以弓形角度落下，另一側，兩顆小球立刻被彈起。

蓋伊指著那個難以駕馭的辦公室玩具，開口問道，「這不可能吧？」

「笨蛋，這就是我們工作的原則，趕快出發，完成蝴蝶任務。」將軍對他說道，「而且我表達的就是百分百的字面意義。」

蓋伊拿起檔案，起身準備離開，他的雙眼依然無法離開那些跳躍的球，一端是一個，而另外一端是兩個。

將軍告訴他，「有時候事情就是如此。」

蓋伊回道，「我懂。」

「你不懂，但總有一天你會懂。」

23

「你看起來像是剛被公車輾過一樣。」

蓋伊望著皮耶，「我現在心情很不好。」

「我知道這次的指派任務讓你很不舒坦，但我們有時候就是得完成這種差事，你自己也知道。」

「這並不公平，而且我也不確定自己能否辦得到。」

他們待在某個老舊偏僻的公車站，蓋伊坐在某張破爛椅子上，他弓著背，雙肘擱在大腿上，皮耶站在他對面，雙手交疊胸前。

「聽我說，」他開口，「這真的是超簡單任務，我可不會跟你閒聊什麼有得必有失之類的鬼話。」

他稍微離開了公車站，望著地平線的那一處路彎。

「事實擺在眼前，很簡單。麥可——看來是你心愛的主角——必須一死，所以亞伯特．布朗的一連串成功刺殺計畫才不會因此中斷。這樣的連續性必須要維持下去，才能讓亞伯特．布朗在接下來的四年中贏得足夠名聲，讓他進入美國最大的黑手黨家族之一。這樣的名聲可以讓他在之後的那五年成為傳奇人物，然後他將會被推選為家族老大，展開與其他三大家族的合併計畫，創立這兩百五十年來最大的黑幫集團。而這一場合併行動將會促使他強化關係，進入與某些小型恐怖組織有關的產業。然後，過了幾年之後，等到一切成熟，我的最後一步就是要讓他瓦解這個黑道組織，對與其相關的恐怖分子造成致命一擊，這樣將能換來至少三十年的和平，而且不只是在美國而已。」

他面向蓋伊，「殺死一個人，為的是醞釀一項長達將近六十年的巧合，而且，這根本不算是直接殺人。」

蓋伊開口，「皮耶——」

「少跟我皮耶來皮耶去的，」皮耶語氣平靜，「我很忙，還有許多事項要安排，我已經為你籌劃了一切。司機很疲倦，憂心忡忡，完全無法保持專注。你等一下上車，坐在前面，在他的旁邊。你就像個乖寶寶一樣坐著等待，然後，你就在剛好的時點詢問他，讓他暫時轉一下頭，撞到我們的主角。」

「他不是我們的主角。」

「就我們的觀點看來，這起意外是以他為中心，所以理論上來說——」

蓋伊大吼，「他不是我們的主角！」

他們之間沉默了好幾秒之久。

皮耶問他，「你對我大吼？」

「反正，」蓋伊語氣平靜，「他是我的主角。」

「你對我大吼？」

「當初確定他不會孤單寂寞的人是我；與他一起玩耍，勸他可以實現夢想的人是我；當他四處奔跑時保護他安全的人是我；雖然我知道自己從來沒有朋友，但向他解釋朋友總是來來去去的人是我。現在，必須殺死他的人也是我。」

皮耶沉默了一會兒，又開口問道，但這次語氣冷酷。「你，你這個小兔崽子，你對我大吼大叫？」

「一定還有其他方法，」蓋伊抬頭，「而且我覺得你在刻意迴避。」

皮耶正對著他。

「現在，給我聽好，」他的雙眼因怒火而發紅，「而且給我仔細聽好了。當你忙著安排兩個古怪學生在走廊上相撞的時候，我正在安排的是未來的總統們準備出生；當你把某首愚蠢流行歌曲塞入廣播電台節目，來為廉價的浪漫創造背景音樂的時候，我要繼續忙著安排未來暗殺剛才那些總統的人跟著出生。」

「你一無是處，根本不是個咖，只是個愛亂講話的低層小兵。你自以為在改造世界、安排一切，但你的所作所為只不過是執行無意義的存在主義式笑話而已。而且，當你在忙這些事的時候，其實只是漫無目標在亂晃，等待下一個鳥到不行的信封來臨而已。你讓某人決定飛到澳洲進行自我探索之旅，所以你就覺得自己可以看到全局？你就連在自己的人生牆畫出三個半要素的能耐都沒有。」

「你看看你自己，就是個骨牌，等別人把你推倒，這就是你對世界的影響力。你只是一個不動的目標。除了剛才那個自以為英雄的救援行動之外——你生命中到底有沒有過什麼是發自你內心而去做的事？不是因為某人吩咐你這麼做？只要告訴我一件就好？」

蓋伊想要維持鎮靜，他壓抑怒氣盯著地面，平靜說道，「我曾經愛過。」

皮耶開始訕笑他，「你曾經愛過？你曾經愛過？你的那個幻想朋友？幻想等於愛情是打哪時候開始的啊？」

他搖頭，不可置信。

「愛需要改變，愛需要努力，愛不是你當乖寶寶拿到的領賞糖果，只是讓你覺得開心的東西。它很艱難，是全世界最艱難的事。你對於你的幻想朋友到底投注了多少努力？你挑選了一個自己喜歡的角色，然後讓它浸沐在足夠的甜蜜氣氛之中，最後讓你自己相信『沉浸在愛河中』，懶惰的人沒有愛情。」

皮耶現在火冒三丈，完全停不下來。「哦天哪，我就知道我早該放棄你了，我就知道。在我看來，這是一項慈悲任務。難道你不覺得我有能耐可以在某個廢棄遊樂園裡安排刺殺？或是來一場電梯意外？你真的覺得我需要你打扮成他該死的幻想朋友，就是為了說服他離開那棟建築在適當時機過馬路？對於一個只安排了六場意外、自稱為巧合製造師的人來說，你未免太瞧得起你自己了。你做同樣的事太久了，為了安排某個五歲小女孩的輕微胃痛要深思熟慮數個小時。對，對，我非常清楚你的一切，我查看過你先前的任務。這應該是能夠讓你更上一層樓的任務，強迫你做出某個大膽決定。你覺得光是靠鮮花就可以改變這世界嗎？親愛的，不是，當然不是，花朵永遠不會改變世界。長矛？也許有可能，步槍？絕對是。炸彈已經改變了世界，而且，相信我，之後依然能夠發揮這種威力，但絕對不是花朵。要是你想要改變世界，重大的變革，那麼你就該戒除這種感傷性格。」

蓋伊平靜說道，「我喜歡改變小事。」

「那你就待在這，繼續窩在你的安全小區裡面吧。為五年之後就會離婚的戀偶作媒，讓人們了解自己的『夢想』，並且為了夢想放棄一切——直到十年後才發現根本無法實現，全部只是一場空。你就繼續在牆壁上畫一整天吧，最後，簽下棄權書，不爽又滿心挫折，就和你的朋友一樣。」

蓋伊驚訝抬頭，「什麼？」

「愛蜜莉，」皮耶露出得意微笑，「看來，她也不想接受任務。」

蓋伊臉色變得煞白。

愛蜜莉簽下棄權書，她到底在想什麼？

他想要專注思緒，但卻發現皮耶的嘲笑話語依然刺透他的心。

「你覺得她真的知道自己在幫其他的巧合製造師做擦地板的工作？當其他真正的巧合製造師在鋸木頭的時候，她只能搞他們落在地板上的木屑圖案？也許，她可能就是受夠了，當你覺得自己的角色無關緊要的時候，就會出這種事。」

皮耶的目光望向街道，地平線出現了某個小點。

「親愛的，公車要過來了，你還是有時間可以挺直背脊，還是有機會可以初嚐讓世界發生真正改變的感覺。不然，你也可以留在這裡，跟自己說你的道德有多麼高尚，你就繼續維持這種跟人行道上的香蕉皮一樣的重要性吧，嗯，好歹它可以害某人踩滑摔倒。」

蓋伊聽到公車引擎轟然前進。

公車站周邊的熱空氣開始翻騰，皮耶還是站得直挺挺，面對馬路，而蓋伊依然無精打采窩在破椅子裡。

蓋伊終於開口，「你怎麼敢這樣？」

皮耶挑眉，「抱歉？」

「你到底是怎麼了？你說啊？」蓋伊的聲量蓋過了即將駛來的公車噪音，「你究竟是什麼時候變得如此傲慢，讓你失去了理智，而且還自以為了不起可以決定某人得喪命，純粹就是因為要完成你的那些目標？」

「現在聽我說——」

「不，你聽我說！」蓋伊大吼，「你是總統的創生者，是革命的組織者，但你卻無法找出避免有人枉死的方法？不，不可能，我不相信，你一定辦得到！你的籌劃能力絕對遠勝於此，但不夠戲劇化，對嗎？沒有辦法給予你充滿權力的快感，無法讓你覺得自己了不起！先生，我所改變的那些現實碎屑，都是人們的生活。你是在哪一個階段忘了這一點？又是在哪一個階段開始把一切當成一場你必須累積點數的重要遊戲？」

皮耶冷冷回他，「冷靜。剛才我說的『挺直背脊』，並不是這個意思。」

「閉嘴！」蓋伊尖叫，「我寧可永遠是『渺小又微不足道』，也不要為了要向你看齊而失去自己的靈魂。你選擇要如何製造你的巧合，是由你來選擇，它們並非自然而然發生。現在我要選擇該如何製造我的巧合，而且絕對不會有人受死。」

「冷靜……」

「閉嘴！我的存在一直是為了執行命令。當我像瘋子一樣四處奔忙，安排策劃與製造巧合的時候，我總是保持被動態度。身為幻想朋友的角色，我之所以被動是因為必須如此，我被禁止表達自己的意見，也不能做出任何改變、違背我的主角的感受。有一次，我當了叛徒，大膽反抗幻想我的那名主角，最後我被處罰，多年消失無存。」

「然後，我得到了可以表現主動的機會，改變事物，將它們導向我認為合適的方向。不過，我卻沒有這麼做，反而對那些信封百依百順。我任由自己成為體系的一部分，純粹因為它的感覺舒適宜人，還給我一種歸屬感。從我拿到第一個信封到現在，我只看到需要被執行的任務，我挑選安全的路徑前進，想要變得和你一樣，某個因為自己優異表現而浸淫在自我欣賞之中的人，但完全看不到被他製造巧合所影響的那些生靈。不過，我再也不是了。」

公車的距離只剩下約三、四十公尺了，現在他們已經可以聞到車子的氣味。

「我不會上車，」蓋伊說道，「你可以自己來。」

「你一定會上去，」皮耶說道，「沒有其他選擇。雖然你慷慨陳詞，但恕我直言，我們必須要執行任務。」

「雖然你慷慨陳詞，但恕我直言，」蓋伊開口，「你明明知道可以收手。」

公車停在他們旁邊。

車門開了。

「兩件事，」皮耶的腳已經上了第一個階梯，「現在由我來執行，不過，這位朋友，你呢——再也不會製造任何與人有關的巧合。我會以我個人之力確保你之後被分派的工作全是為爬蟲類與蟲子媒合交配。」

「第二，既然你對於保持被動而感到厭倦講出了那些鬼話，那麼也許你應該要好好想想，你的小小反叛還是基於不作為，如果叫我來看呢，也不是很主動。你自始至終都一樣，就連打算反叛的時候，都選擇輕鬆的那條路。」

門關了，起了一陣疾風。公車駛離現場，消失不見。

蓋伊繼續坐了一分鐘之久，耀眼陽光照亮了他周邊一坨坨的螺旋狀塵霧。

然後，他起身狂奔。

24

他心想：嗯，應該可以處理得更好才是。

公車窗外的景色正迅速飛掠而過。

他不需要這麼激動，而且也應該要遵守原始計畫，忍住那一場即席演出才是。不過，他並沒有逾越自己所設下的底線，沒什麼大不了，我們還是依照計畫而行。

他對於自己剛才說的話感到不安，不該讓蓋伊聽到那種事，畢竟，他真的很不錯。

公車進入城區，好，馬上要發生了。

「安排未來總統們準備出生」是什麼鬼話？那真是一大致命失誤。根本沒有「安排未來總統們準備出生」這種事。人類選擇成為總統是出生之後的事，而不是出生之前，這是自由意志的第四條規則，也在他們的考試內容當中。要是他注意到那個錯誤，很可能會毀了一切。經過了這麼多年，他有時候還是會犯下菜鳥級的錯誤。「未來總統們準備出生」——真的，拜託你也幫幫忙好嗎？

反正，他只能盼望不要再出現任何干擾，一切的計算都正確無誤。

也不過就是出個小包而已，這種不快感只是庸人自擾。

到十字路口了。

過沒多久之後，公車就會右轉。

好，他依然沒懷疑有任何異狀。就在剛剛好的那個時點，他只需要前傾一點點，然後……

「喂，你不是應該在那個公車站停車嗎？」

公車司機轉頭面向他，「什麼？」

但他並沒有在看司機，反而盯著出現在巴士前面的那個人。他看到對方雙手在揮舞，而他們才剛四目相接，車子就撞上去了。

他忍不住心想，「任務達陣。」

摘錄自「巧合製造師課程」
——給學生的鼓勵宣傳信

敬告所有修課學生：

誠如各位所知，大約一個月之後，各位就能夠完成修業，開始巧合製造師的學徒階段。

請注意！！！

多年來，已經發展出某種令人遺憾的實務操作現象：巧合製造師課程畢業生所造成的所謂「畢業巧合」。

要是沒有專業指導與提前核可，擅自執行「有趣」、「酷」，或是「巧妙」巧合的後果很可能會不堪設想！！！（參考附註）

絕對禁止製造任何未經許可的巧合，就算多麼有趣也一樣！！！

製造「畢業巧合」風險的學生將會被判定失格，直接退學！！！

警告各位！！！

我們要以安全低調的方式完成課程！！！

附註：表面上無害的巧合，比方說兩名好萊塢女星參加某典禮時撞衫、電視直播時搞出奇怪狀況、讓某間咖啡店裡的所有客人都飽受腹瀉之苦，以上種種都可能會產生深遠影響。

25

亞伯特進去的時候，屋內有點涼。

他的習慣是離開時一定會打開冷氣。能夠回到舒適空間，這一點很重要，不過，他現在完全沒注意這件事。

他沒有躺在床上凝視窗外，也沒有拿著加冰威士忌的酒杯坐在門廊上。反正就是開始打包，不知道自己該感到開心還是恐懼。殺手不該害怕，事實上，他很高興有這樣的結果。

他看到自己的目標離開了那棟建物。對方身材高大，身穿深藍色西裝，步伐急快、準確，雙手插在口袋裡。只是個目標，畢竟，只是又一個下手的目標罷了。不過，卻出現了三個驚奇狀況。

第一個驚奇狀況是他的目標突然轉身，走到大街上，決定要穿越馬路。

他原本預期對方會走向停車場。亞伯特突然驚覺，這宛若是他有史以來第一遭的大發現，他的下手目標有自己的意志，可以決定自己要過馬路，似乎另外一頭出現什麼有趣的事。

他的準星一直跟追那個西裝男，想要在他到達對面、消失不見之前，計算出最佳的射擊時機。

第二個驚奇狀況是，他的目標站在馬路中間。

乍看之下，他似乎是想要回頭。亞伯特不知道到底什麼事會讓人分心到這種程度，突然停在路中央深思。一秒之後，他恍然大悟。

他心想，這將會成為一場意外，太好了。這整個狀況只持續了一秒半。他的目標遲疑了一會兒，回頭張望，又停下來，這個空檔是綽綽有餘，足以讓亞伯特以準星瞄準對方胸膛、在呼吸之間的那個時間點將步槍轉為單發模式、把手指放在扳機，然後……

然後，第三個驚奇出現了。

一陣短促的急煞聲，某輛白色計程車停在他的目標前面，不爽的司機伸頭探出窗外，大聲叫囂。西裝男揚起雙手道歉，繼續緩緩步向另一頭的街道，離開了射程範圍之外。

亞伯特的手指依然放在扳機上頭，他覺得自己快要窒息了。

沒有，什麼都沒有，他知道發生的那一刻應該要到來才是。他感受到那樣的刺癢，那股混雜了一股自信的強烈渴望，略微沉重的呼吸節奏。這是每當他過往遇到這種時刻的時候，一定會出現的標記。

這一刻來了，走了，什麼事都沒有發生。

現在，要是他不能保持冷靜，並且在接下來的兩秒半之中殺死目標，那麼那一刻就永遠不會到來。

一切以慢動作在進行。

底下的目標，若有所思，正朝街道的另一頭走去。

他的準星持續緊追不捨，終於定在他身上。

他清楚領悟到自己現在必須殺人——真的。不是等待對方自己死亡，而是殺了他。

準星完全對準在正確位置。

手指已經壓在扳機上，決定射擊。腦中的命令準備傳達到手指，先從他的後頸向下流竄，然後在肩胛骨右轉，行進到肩膀，宛若黑油一樣滑下他的手臂，到達手指。然後，然後，然後……

然後那根抗命的手指頭拒絕執行命令。

他已經看不見目標了。

亞伯特．布朗其實沒辦法殺人。

他坐在飛機裡，窗外的跑道開始往後退，他這才發現自己並沒有高興或亢奮的情緒，純粹就是輕鬆無比的感覺。他放棄了真正的試煉，某個簡單的抉擇，自此之後，北半球最低調精準的殺手成了一個養倉鼠的男人，就只是一個普通人。

某個必須要開始躲藏、更換身分的男人，也許不能在同一個地方待太久，他成了一個把裝滿子彈的步槍留在某棟建物屋頂的人，因為他的內心充滿了挫敗、恐懼，以及喜悅，他買下他在出境告示板看到的第一個目的地的機票。

真的就只是一個普通人。

❖

麥可小心翼翼掩門，彷彿不想要吵醒任何人一樣，但他知道她——家中唯一的那個人——就算是躺在床上，應該也還沒入睡。

很晚了，他剛才下班時並沒有直接回家。

過馬路到對面商店買了一點東西之後，他覺得不太一樣了，有煥然一新之感。外頭空氣清冷，他離開商店之後所吸入的第一口氣，宛若嬰兒的第一次呼吸，真令人大吃一驚。儼然他直到現在才想起如何呼吸，彷彿他死而重生。然後，他搖搖頭，望著手中的小袋子，滿心疑惑，差點自言自語脫口而出，他怎麼會覺得這東西能改變什麼呢？

他悄悄把公事包靠在門邊，將鑰匙放在入口桌上面。他的某隻手已經自動伸向脖子，準備要鬆開領帶，這才想起剛才他在街上隨興亂走的時候，已經拿掉了它。他東晃西晃了數小時之久，不斷自問自己在做什麼，為什麼這次的嘗試會成功？而不會像先前一樣每次都失敗？

廚房裡依然還有一盞燈大亮，他走進去，為自己倒了一杯涼水。他的雙腿立刻果斷踢掉鞋子，開心接受穿透襪子而來的地板涼意。他站在廚房，小口啜飲杯中的水，每隔個一兩秒就停下來，稍微呼吸一下。他發現自己其實很興奮，不禁嚇了一跳。

還不到一個小時之前，這看起來像是個已經完結的案件。他結束閒晃之後，回到了辦公室停車場，手中的袋子變得無比沉重，已經超過了他預期的極限。他打開後車廂，把它丟進去，態度幾乎是充滿憎惡，他開始咒罵自己的天真，還有「中約翰」在他心中所植入的幻象，以及這整個世界。

在他開車回家的時候，他覺得自己彷彿在緩緩回歸自我。在成長過程中逐漸習慣、已經成為他第二天性的那股壓迫感，又回來了。這是你的生活，你就是如此——現在就面對它吧。那本放在後車廂的書，是再一次對愛的奮力一搏，但他早有了心理準備，這只是浪費時間，他與她的時間。

他陷在日常的傍晚塞車車流之中，嗅聞熟悉的冷氣空調氣味。廣播電台的主持人慌張說了一些「有點弄錯……」之類的話，然後開始放歌。

麥可喝光了水，把玻璃杯放入水槽。

他心想，他們一定覺得他瘋了，他忍不住笑出來，這當然的吧？

當大家看到塞車的馬路中央有一個高大的西裝男，打開了他的車門，走到外頭，隨著電台的樂聲跳舞流淚，還會怎麼想？他們可知道那種會成為情感特洛伊木馬的歌曲？有誰能夠理解或是猜到當她在自己的音響播出這首歌、對他說出「你現在就要和我一起跳舞，不可以對我說不！」之時的眼眸流轉？

畢竟，他們看到的唯一景象就是站在馬路中央的男子，他的車幾乎隨著喇叭音量在震晃，而他不斷轉圈，就像個白痴一樣，原因無他，只因為他當時覺得跳舞就是這樣，只因為這樣可以逗得她哈哈大笑，他們怎麼能夠明瞭？

他們沒有按喇叭，沒有開窗，也沒有大吼，或者他們有吧，他也不確定。其實他的心不在那裡，他只是一直狂舞，這些年來他自己裹在身上的層層盔甲，全部都碎裂瓦解，落在他的旁邊，宛若一件乾泥披風。他緊閉雙眼，雙手亂揮，將所有秩序井然的思緒拋諸腦後，當歌曲結束的時候，他不再跳躍，回到車內，關上車門，關掉了廣播。他也關掉了那一扇容許以「但不可能……」這種開場白的想法竄入的心門。

而就在準備踏入家門的時候，他的心跳已經變得徐緩，態度恢復冷靜，放在後車廂的那本書又成了某個在搏動的真實之物。他決定不要抹去淚水，只是任由它們在臉上凝乾，留下清澈的鹹味沉澱物，宛若臉頰上的戰鬥傷疤，證明他曾經為自己的靈魂而奮戰，而且至少在一場戰役中獲勝。

他緩步上樓，悄悄進入臥房。

她躺在哪裡，背對著他。

他不抱任何期待。

他之所以在此，不是為了要治癒她，或是改變她，解放她。

真正需要改變的人是他，他也該好好努力了。

就在那首歌開始播放的那一刻，他恍然大悟。

他坐在床上，背部貼牆，手裡拿著那本書。

「妳從來沒看過這本嗎？」他記得自己以前問過她。

當時她聳肩說道，「我認罪，」她很老實，「我總是提醒自己要看，我知道一定得讀，但也不知為什麼，算是某種不可思議的巧合吧，我一直沒碰那一本。」

「我們一定要找一天讀這本書。」

她點頭回應，「一定。」

也許她現在睡著了，也可能沒有。

不重要。他不期待奇蹟或是戲劇性變化，他已經準備好了要慢慢來，他打開了書。

他開始大聲朗誦，「小熊維尼現在下樓了，砰砰砰，後腦勺貼地，跟在克里斯多福・羅賓的後面。」

他會繼續唸下去，把書唸完，或是等到自己睡著。

他聽到她的呼吸出現了細微變化，他知道她在聽。等到他唸完這本書的時候，晨曦鑽入房內，將塵粒幻化為緩緩飄移的微星。他把書放在床邊，讓自己小憩一兩個小時。過了幾個月之後，他會記得這一刻，雖然她陷入熟睡，面色依然慘灰，但已經面向著他。

26

在頭一百公尺的時候，情緒依然是憤怒，之後的那一百公尺是恐懼，然後是某種急迫感，而現在的他純粹就是想要趕緊亡羊補牢。

蓋伊在街上狂奔，胸膛激烈起伏，他急速大步向前，腦袋在計算路線。

這座城市他很熟，熟得不得了，現在完全不需要在牆上畫東畫西。他的心中浮現了整座城市的俯瞰圖，以複雜模式呈現交通的流動與停滯、街頭的匆匆行人、這座城市的吐納方式。彷彿有人微調了鏡頭，哇一看，一切變得銳利又清晰。

他摸透這座城市已經很久了，不過，現在他才發現自己其實可以在腦中計算一切，他不需要筆記本、牆壁，什麼都不需要。他可以在街頭奔跑，知道什麼樣的行人會出現在他的面前，又會去哪裡。他可以看見那輛公車的路線，計算出它停在公車站的時機，也知道當它撞到麥可猶疑不定的身體時所需的行進速度。他已經不再是第二級程度，他看得到，他看得到這整座城市的全景。

而他也是其中的一部分，方程式裡的一個元素。

他當觀察者的時間也未免太久了。

他是進行干預與四處梭遊的觀察者，進行查核與測量，把東西往右調個一英寸，往左調個半英寸，但永遠只是個觀察者而已。他是一個進行移山的規矩小兵，但定軸點永遠不是由他來設定。

就像是那只從桌面墜落而下的咖啡杯，他純粹只是工具罷了，他不會左顧右盼，因為他擔心會形成自己的定見。他擔心自己會變成某個偶爾會猛踩煞車、把車停到一旁的人，開始左思右想，「也許……？」

他要阻止那輛公車，要自己製造一個新巧合，更好的、更正確的一次巧合。他不會當屠夫，而是外科醫生。先前他一直認為自己是在製造巧合，但其實只是整條鎖鏈裡的另一個扣環而已。當他一想到皮耶上公車之前眼中的那股憎惡，怒火又回來了，在他體內熊熊燃燒。不過，那個小畜生說的沒錯，他總是選擇被動。就算他做了最主動的事，那些事也與他無關，他的行動為周邊環境充滿了能量，但沒錯，他仍是個被動的人。

所以，現在的他展開行動。

而這一次他更加義無反顧。

他以前遇過一次這樣的狀況，就那麼一次而已。

他還記得很清楚。他是某個被關在單人囚房的絕望犯人的幻想朋友，裡面狹小又令人喘不過氣。他坐在對方身邊，一起窩在黑暗囚室，大部分的時候都靜默無語，偶爾會哼歌給他聽。他看著對方靜靜吞下臭味四溢的食物，躺在角落，因天寒而顫抖不已，跪在自己的嘔吐物之間，努力想要恢復理智。不過，他不能做出他的幻想者意願之外的行為。偶爾會有老鼠溜進囚室，東聞西聞，然後消失不見，蓋伊覺得這犯人不再幻想他了，反而將注意力與愛轉移到那隻老鼠身上。有時可以聽到遠方的汽車喇叭聲響，甚至是粗嘎鳥囀，這類的事物都會讓他的幻想者拋下他，迫不及待抓住外頭的存在物。

「我覺得他撐不下去，」在與卡珊卓拉最後一次的對話中，他這麼告訴她，「看來是要放棄了。」

她問道，「你怎麼知道？」

「他再也不會幻想我哼歌的畫面，之所以會想到我純粹是出於習慣。他其實並不希望我待在那裡，彷彿我待在那，只是他勉強同意而已。」

到了下一次犯人幻想他的時刻，蓋伊發現他正準備赴死。

他把蓋住髒臭床墊的床單剪開，弄了一個牢靠的套索。蓋伊出現在他的面前，看到他站在角落的馬桶上，那條布繩已經緊緊纏住他的頸項。

「就這樣，」那犯人說道，「我沒有力氣了。我要去找她，至少，待在那裡，與她在一起，我就不會孤單了。」

蓋伊本來應該要這麼說，「安息吧，她在等你。」

這是他被設定好的台詞。

犯人想像他會說出的話語。

但他卻說，「才不是。」然後看到犯人的雙眼因驚訝而瞳孔放大。

他只有幾秒鐘的時間可以展開行動，不然犯人等一下就覺得自己瘋了，因為心生恐懼而抹消想像中的蓋伊。他跳過去、抓住套索，把它從對方的頭上拉出來。在犯人的腦袋基於本能拒絕他，讓他逐漸褪逝之前，他還是想辦法低聲勸他，「這世界依然還有許多值得活下去的理由。」

然後，他就消失不見了。

他不記得是接受審判還是處罰，但他被剝奪存在多年之久，他甚至不知道到底經過了多少年。

當他恢復幻想朋友的角色之後，當初想像他坐在那張靠近卡珊卓拉長椅的男孩，已經長大成人。他再也沒有遇過她。他甚至沒有時間擔心自己的不告而別，也幾乎不去想卡珊卓拉與她的女孩一次又一次坐在那裡的時候，卻發現自己不再出現。但一想到可能會有另外一個幻想朋友取代了他的位置，就讓他害怕不已。

這是他存在以來的唯一勇敢時刻，他成了主動的人。對於一個從來不敢逾越自己工具身分的巧合製造師來說，這種表現是不是令人驚奇？

蓋伊立刻面向右方。

好，他回來了。

他，不是他的肉身形體，不是他的工作職責，也不是他的無腦行動。是他，他又回來了。

他會在這裡阻擋那輛公車，就在下一個轉彎口，再過三個街區，那輛大車就會撞上麥可。他會破壞皮耶精心計算的時間表，安排一個能夠讓亞伯特不需殺人、也能夠回歸到他想望狀態的新巧合，他辦得到。

他的腦海中已經出現了那輛公車的所在位置，它的路線應該會比蓋伊奔跑的這條街道稍微長一點。蓋伊早已把這座城市所有公車路線熟記在心，這輛公車的路線相當長。

他衝入馬路，突然驚覺自己的肉身有多麼格格不入——這一次的狂奔真的讓他措手不及。

好，他跳到公車車輪前方，它果然到達了他計畫的那個地點。揮動雙手，想要大叫「停下來！」他這才發現自己呼吸短促，這聲叫喊幾乎沒有人聽得到。

而這輛公車並沒有減速，其實司機根本沒看路，他正好回頭，望向一秒前問他話的某人。好，蓋伊認出了那個人，體內湧起一股短暫的微弱恐懼。那個人並沒有看著司機，他詢問的目的並不是真的要聽到什麼答案，他望著蓋伊，直視他的雙眸，而公車就這麼直接衝向他的身體。

27

電子告示板的班機資訊不斷閃爍。

有三架航班即將在數十分鐘之內起飛，但他無論怎麼也看不出來上面寫什麼，也不知道目的地。

蓋伊坐在機場中央的某張金屬長椅上面。他確定這裡還有其他人，畢竟，他聽到了一陣騷亂，而且左右兩側都有人經過。然而，他內心的某個聲音依然提醒他這只是背景的一部分，其實這裡只有他而已。

他自始至終都不曾想像過死亡，也從來沒有看過免稅商店，但原來真實的感覺是如此不同。他的對面，也就是入境大廳的另一頭，看到了一排報到櫃檯，除了一個人之外，完全沒有其他人，那是一個胖嘟嘟的禿頭地勤，在霓虹燈的照耀之下，頭頂閃動微光，他咬著鉛筆坐在那裡，看來是在研究某張字謎圖。他周邊在移動的那些人，手裡都拿著一個看起來像是行李箱的東西，沒有人走向登機櫃檯。胖地勤坐在那裡，全神貫注在解謎。

蓋伊檢查自己的身體。沒有，看起來並沒有什麼被輾壓過的痕跡，算是安然無恙，看來他的殘屍是留在那條馬路上了。他的態度如此冷淡是正常反應嗎？

還有，為什麼要待在機場？是為了嚎啕大哭？

奇怪，因為他一直覺得一切結束之後，存在的問題也就自然而然獲得解決，而不是又冒出新的疑問。原來，生命充滿驚奇，死亡亦然。有個褐色的小行李箱擱在他的腳邊，他把它拿起來，估算重量，發現它時重時輕並不固定，嚇了一跳。他把行李箱放在大腿上，打開了它。

裡面是他的一生。

也不知道為什麼，他覺得裡面裝的東西比他想像的還多。他一度發現自己在亂翻的時候，那堆物件甚至與他的肩膀同高。他心想，這是某種物理問題，但其實也沒差……經過一番搜尋之後，他拿出了一些物品、信件，以及照片，開始迅速瀏覽。

第一個幻想他的小孩的面容；最喜歡的起司蛋糕的味道；第一次當他發現自己其實是可以睡眠時的入睡過程；艾瑞克惱人的短笑；走過落葉時所留下的沙沙聲響；拉扯肌肉時的劇烈痛感；『中約翰』在鏡中不斷變幻的臉；還有卡珊卓拉的笑聲。

他的手在行李箱裡探得更深。他的一生都在這裡，那一刻應該也在，到底在哪？

終於，他找到了，就放在角落，第一次晨跑的下面。一段循環、閃亮的記憶，他把它舉高迎光，仔細檢視。

冬天，暴雪狂落，寒冷刺骨，他站在某個荒涼可怕的懸崖邊緣，冰原的某處。視線範圍僅有鼻尖前的五公分。他的指尖已經失去知覺，腳上的那雙鞋也不是很保暖。他可以聽到後頭的狼嚎，狼群的黑色輪廓也隱約可見。卡珊卓拉距離他約三十公分，但他聽不太清楚她在說些什麼。懸崖變得顫巍巍，他聽到她說道，「好，我準備回去了。」

他幻想她，她也幻想著他，兩人又出現在公園裡，然後，她說出了那句話。

他把那段記憶朝光源靠近了一點，如此一來才能回味得完整清楚。

「所以他們說的是真的。只要身邊出現對的人，那麼在任何地方都可以產生歸屬感。」

他坐在那裡，逐一檢視形塑自己人生的各段記憶，然後，他突然發現周遭不太對勁。他抬頭，找到原因了，只有他一個人。空蕩蕩的機場裡盈滿了絕然靜寂，而唯一在動的就是另一頭那位地勤的腦袋。蓋伊把所有取出的東西放入行李箱，關上，也該搞清楚這是怎麼一回事了。

當蓋伊把行李箱夾在腿間，站在那位地勤面前的時候，對方開口，「等一下。」

他繼續咬鉛筆，最後終於抬頭看著蓋伊。

「搞不好你可以幫我，」他說道，「我應該要給你什麼？八個字母，開頭是E。」

蓋伊問道，「抱歉？」

「我應該要給你某個東西，」那名地勤在抓頭，「但我記憶力不好，時機未到就沒辦法。我畢竟只是一種心念，沒辦法適應提前規劃的整題概念，思考『當下』之外的部分很困難。」

蓋伊問他，「你只是一種心念？」

「當然，」地勤回道，「你該不會真以為死亡就是個飛機場吧？我是你在此時此刻的創生物。」

蓋伊側頭看著他，「真的嗎……」

地勤回道，「對，真的。大家都會對我擺出這種表情，我每次都得要重新解釋一次。」

「抱歉這應該是我第一次死亡，」蓋伊說道，「我還沒有聽過你的任何解釋。」

「不，我不是在說你，」地勤回他，「我指的是之前穿越這裡的每一個人，而且你不算是死了。」

「沒死？」

「沒有。至少在你登機之前不是，嚴格來說，你還沒死。」

蓋伊大聲問道，「這世界的一切都有一套程序？」

「從你的語氣聽起來，似乎是把它當成了壞事，」地勤說完之後，又補了一句，「信封。」

蓋伊問道，「什麼？」

「八個字母，第一個是E，我終於想起來了，」地勤拿出了一只白色長信封，「看來我現在應該要把這交給你了。」

蓋伊接下那個信封。

「這是不是什麼亡者指導手冊之類的東西？」

「不，不是，」地勤說道，「許久之前出現在這裡的某人留給你的。」

蓋伊側頭，一臉驚訝。「給我？」

「對，」地勤微笑，嘴裡依然咬著鉛筆。「如果你想在這裡看信也行。然後我們就會拿走你的行李箱，帶你登機。」

「這個行李箱……」

地勤回道，「裝滿了你的記憶。」

蓋伊問道，「我會一起帶走？」

「不能這麼說，」地勤說道，「當然，你必須留給我。」

「然後呢？」

「然後我們會弄丟。」

「弄丟？」

「對。」

「所以是說，故意的嗎？」

「當然不是！我們是不小心弄丟的，但總是會發生這種事，這是那個的一部分。」

「哪個？」

「開始新生。」

蓋伊覺得有點困惑。

「我記得你剛才說過，等到我登機之後就會死了。」

「但之後你會下機啊。」地勤的語氣似乎在陳述什麼理所當然的事。

「然後……？」

「你登機之後，身為巧合製造師的一生就已經結束，等到你離開機艙之後，你就開始過人的生活。」

蓋伊緊張問道，「人？」

地勤回道，「對。」

「你是說真正的人，會死掉的人，各種巧合的某個主角？符合以上所有的定義？」

「是的，就是這樣。」地勤的回答依然很有耐心。

「所有的巧合製造師都會經過這個機場，然後轉生為人？」

「你現在考我的是技術性細節，」地勤在搔頭，「一般而言，可以這麼說，但也不能這麼說。」

「意思是？」

「不是所有的巧合製造師都會通過某座機場。只有你，因為這是你選擇的體驗。不過，沒錯，巧合製造師的下一個階段就是當人。」

蓋伊問道，「人之後呢？」

「不要逼問我，」地勤告訴他，「或者，也可以說我不知道。」

「好，」蓋伊心中盈滿了重燃的希望，「那我帶著行李登機就是了。」

「那個信封……」那名地勤提醒他，「也許你應該先看一下裡面寫什麼。」

蓋伊說道，「我可以在機上看。」

「不，不，不行，」地勤回他，「你不可以帶任何東西上機，你必須把它和其他記憶一起放入行李箱，才可以一起弄丟。」

「但是我才剛收到啊，」蓋伊抗議，「而且這也不算是我生命裡的某段記憶。」

「就程序的觀點來說，是的，」地勤還以手勢加強語氣，「你可以坐在這裡看完。你要是不上機，飛機也不會飛走，別擔心。」

「好吧。」蓋伊準備掉頭離開。

地勤在他後頭大喊，「要是你正好想到了『嘴裡的味道』，六個字母，把答案告訴我。」

蓋伊回到原來的座位，把行李箱放在旁邊。

他意外感受到某種悸動，一種強烈的寧靜感。成為人類，他當然不成問題，為了那樣的生活，他可以放棄這些回憶。

他會閱讀信封裡的新程序，讓自己準備就緒，也許喝點東西（要是他能夠靠想像力創造一座機場，那麼也可以弄出一台汽水機），然後展開新生。第三次的生活，總而言之，他更上一層樓，對吧？這一次，他會做出更好的抉擇。

那個白色信封沒有郵票也沒有地址，只有他的姓名，一排小字。

當他拆開信封，取出裡面厚厚一疊紙的時候，他好驚訝，因為他認得這個筆跡，他開始讀信，整顆心陡然一沉。

28

親愛的蓋伊：

該從哪裡說起是好呢？

顯然，這世界上有兩種人。第一種人，盡本分生活，專注於當下。當愛來臨的時候，他微笑，坦然納入心中，但他並不會因而陷入迷戀。他沒有愛可以過得很好，但是當愛出現的時候也不錯。

還有第二種人，就是我這種人，宛若一生都在等待還沒有出現的真命天子，等待某人走入心扉結束渴望的那一刻。我們在每一個細微處尋索意義——敲門聲；在十字路口與我們擦身而過的陌生人；微笑的服務生——這一切都是預兆，都是應該要被核對的選項。也許，突然之間，誰知道呢，也許某人正好能填滿我們胸膛中的那一個洞口，就像一個孩子將三角形積木放進三角形洞裡、將方形積木放進方形洞裡一樣。

好，所以，當課程剛開始、我們待在公園的時候，雖然我們剛認識沒多久，但當你提到自己以前擔任幻想朋友的時候，卻已經敲醒了我心中的警鐘。我大約花了兩個禮拜的時間，問了好些問題與釐清之後，一切終於豁然開朗。你過去的故事、你使用的字詞，一切都吻合。而當你第一次提到「卡珊卓拉」的時候，就是了——某個圓形積木落入了圓洞。

而我——我必須保持沉默。

長期以來，我一直在自問：我到底是在哪一個時點發覺我愛上了你？平衡點是在哪裡出現？在此之前只是喜歡某人，而在此之後對方已經成了你宇宙的中心？

這就像是在你入睡的那個關鍵點。你躺在床上，想保持清醒，但已經昏昏欲眠，知道自己是何時跨越界線進入了某個夢境，然後發現自己在作夢的時候已經太遲了。

我不知道為什麼會發生這種狀況，到底又是什麼時候的事。

但至少我現在知道這不會發生了，我知道你卡在我的門外，永遠不會進來，我們中間、我現在對你的愛與你想像的愛之間，有一道隱形的荊棘籬牆，所以那就永遠不會實現了，我早該知道才是。

好，我有點囉唆，我們就從一開始說起吧。

我的第一段記憶是坐在某張柔軟沙發，綠色眼眸的八歲小女孩靠在我肩上，等我撫摸她的頭髮。我有不同的名字，不同的外表，但那時候的我已經是完整的我。之後，很長一段時間，我每天撫摸她的頭髮。

當她頭髮開始變得稀疏，我還是繼續摸，等到她頭髮完全掉光之後，我開始摸她的光頭，當她重獲健康，頭髮又開始冒出來之後，我開始撫摸她美麗的硬短毛。等到她不再需要我撫觸的時候，我在她生命中徹底消失。

你懂那種感覺。

對，我也曾經是幻想朋友。

起初，一開始的時候，我也喜歡每一個時時刻刻。

顯然，男性與女性的幻想朋友是很不一樣的。我們必須要更溫柔更慷慨，以及給予更多的體諒。我喜歡這種暖心的給予方式，我可以靠這種別人無法達到的方法為人療傷。

一開始的時候，我就跟你一樣，大部分都在陪伴小男生小女生，我支援他們，當他們的後盾，說出該說的話。後來，我嚇了一跳，稍微不太一樣的階段開始了。

一年年過去，我發現自己成為越來越多青少年的幻想對象，男人也有。他們不只希望我撫摸他們的頭，他們渴求的更多。有些在找尋人性溫暖，有的希望得到權力感，還有的渴望溫柔情事，有的則想要扭曲醜陋的事物，他們在真實生活中都無法得到這些，所以轉而開始幻想我。

時間慢慢過去，我覺得自己耗損得越來越嚴重。我擁抱那些需要我當朋友的小孩，把我當成初戀對象的青少年，我成了他們的慰藉，但我成為別人幻想對象的時候，我只希望這些時刻可以盡快過去。

你也明白，當我開始這一切的時候，我有偉大的計畫。我想要運用我所有的內在力量去改變、提供支持，而且永遠站在需要我的人身邊。但隨著時間過去，我發現他們當中的絕大多數根本不想要我，他們只想要啟動他們在我身上安裝的那個塑膠娃娃，強迫逼我戴上的那個面具。

改變？支持？妳要漂漂亮亮，讓我們可以隨時隨地幻想妳。沒有人想要幻想我的真實面貌，我也不懂為什麼，我不夠好嗎？

當別人以這種方式想像你的時候，你會發現這個世界運作的方式其實和你想的不一樣。它根據的原則是「我必須要擁有更多」，而不是「正好符合我需要」。我能給予的，沒有人想要。

就連全世界最溫柔寂寞的男人在想像我的時候，也沒有把我當成人類，只是幫助他們啟動自我的某種物品。大部分的人甚至不喊我的名字，他們直接把他們看到的雜誌模特兒角色套在我身上，有些人為我取的是他們在電影裡看到的媚俗名字，只有小孩有時會讓我自我介紹，呼喊我的名字。

他們問我的時候，我總說自己是卡珊卓拉。

那些男人，他們從來沒有愛過我。

我是他們洩慾的對象，可能吧；被渴望，當然；被需要，無庸置疑。不過，就是這樣而已。如果某人的所有行為與言語都完全依照你的期望，會回應你暗藏的每一種心緒，愛上這樣的人是不可能的事。我只是他們的自我延伸，那是什麼樣的愛？愛源於兩人之間的摩擦，像是火柴，像是溜冰鞋，像是摩擦空氣而發亮的流星，我們需要摩擦，才能在我們的生活裡出現變化。

我努力在規則裡找尋破綻。各種小漏洞，能夠讓我不要那麼茫然，讓我更像個幻想朋友，而不是只有空虛外表的洋娃娃。我仔細研究有關幻想朋友世界的各種規定條例。比方說，我就發現只要不是完全違反幻想者的意志，那麼，並非完全虛幻的話語或行為也在可允許範圍之內。最後我可以在某些非常特殊的狀況下，自行結束某場「面會」，而不是由我的幻想者所決定。那又怎樣？反正我幾乎不可能說出「不要」而直接消失。

我又找出了一些無關緊要的小規則，比方說，他們容許每一個幻想朋友提出成為某名幻想者「永恆好友」的要求，然後自此之後就只成為某名幻想者的幻想好友，但我找不到這樣的對象。

然後，我遇見了你。

閃閃發亮的幻想朋友，宛若在一堆破布裡的鑽石。

這機率能有多少？告訴我，有多少？

我還記得我們第一次見面的情景。你離開之後，我在那裡又坐了將近十五分鐘之久，和我漫不經心的幻想者小可愛娜塔莉坐在一起，我全身顫抖不止。

可以跟我聊天，可以了解我的經歷，一個可以讓我傾訴、依靠、產生同一個小圈圈歸屬感、有共同語言的人。在我最粉嫩的美夢之中，我根本沒想到自己可以找到另一個幻想朋友，可以當朋友的另一個人。

結果，到了最後，你不只是朋友，比這個重要多了。

這是怎麼發生的？到底是什麼讓我神魂顛倒？我不知道。

你在說出不確定的話之前挑眉的那種脆弱時刻；還有你性格堅強，卻也會努力要討人喜歡的那種特質；你的氣味，閃避又客氣的態度；當你說到幻想你的小朋友的態度；你對於遇到的一切都想要尋索意義的熱情。

你少見的微笑，有點太過平淡，但也不知為什麼依然好迷人。

還有你的大笑。

當你聽到我說的話而哈哈大笑、全身激動的模樣，彷彿你才剛復活，先前的一切不過是一場帶妝彩排。不自主抽動了一下，然後變成了尷尬咳嗽，又努力裝嚴肅卻大失敗，最後變成了你發自內心的可愛轟笑，立刻讓在我面前的那個你變成了孩子，我好愛那樣的笑聲。

顯然，你靠著那樣的笑聲，鑽入了我的體內，完全不費吹灰之力。

也許你就是以這種方式，在你的心裡為我清空了一個抽屜。

有人退了一小步，就是為了要給我自信，讓我看到他站在我這邊，他以沉默的方式告訴我：我為妳在這裡清了一小塊地方，為了妳的真我，妳想過來把任何東西放在這都不成問題。突然之間，我脫離了熟悉的領域，再也不覺得疏離，再也沒有塑膠外膜，沒有閃亮的面具。

每當我們見面的時候，我都覺得那會是最後一次。

我的幻想者，娜塔莉，已經不太與我說話，看來我們共處時光的盡頭已經快到了。真希望你知道我花了多少力氣說服她，必須要在明天與後天再次下樓去公園玩。

每當我們走向那張長椅，看到你坐在那裡的時候，我覺得自己充滿了熱情，又扭捏不安。我從來沒想過居然能夠把這樣的極端結合在一起，但我真的是這樣，好呆。

當我們開始幻想彼此的時候，已經很清楚了，我已經深陷在愛的領地之中。

在我送出要求，讓你成為我唯一的幻想者時，我從來不曾有過這麼篤定的感覺。那就是戀愛的起點吧？當你選擇了某人，接受他現在的樣子，內心還為他做出了某種改變？也許真的是吧。

這個決定的過程超簡單：前一秒鐘我們還坐在長椅上聊天，下一秒你就在笑到岔氣時突然消失，回應另一名幻想者的召喚。這時，我很清楚我除了你之外，其他人都不要。而這是達成目標的唯一方法。

我送出申請，也被接受了。就從那一刻起，娜塔莉不再幻想我，只有你能夠如此。

這可說是我自己的文藝復興——短暫快樂的時光。當你決定要幻想我坐在你身邊，而不是在利用我、把別人的話塞入我的嘴裡、逼我做出違反自我的事，只是等著看我如何在你面前展露真我的時候，我洋溢滿滿的幸福感。有多少幻想朋友能說他們被想像的時候享有這樣的自由？

這段時光何其短暫。當你違規，對你的幻想者說出你不該說的話，你就從我生命中消失了。我們兩個在等待彼此，我們都處於不存在的狀態。沒有人幻想你，也沒有人幻想我，時間靜止。但你回來後，你不相信我在等你，你再也不幻想我。我的小懶鬼，你放棄了，這麼快。

我陸續蒐集了有關你出事的資料，直到今天才知道真相。但回到那天，我只知道自己突然結束了幻想朋友的角色，坐在公園某張長椅上，然後我進入了新角色。

你一定可以想像那種感覺。以為失去了一切，必須要開創新的道路，然後，就在不久之後，遇到了某人，對方說他曾經當過幻想朋友。

我很想對你大叫，我也是，但我沒辦法。那些話卡在我的喉嚨裡，微渺如塵，而我不明白為什麼會如此。

後來，我慢慢搞清楚了，多麼難得的機率。你就是我先前深愛的那一個人。在課程的第一天，我生命中的巧合就發生了，但我卻無能為力。

你也知道，由於你是我正式的幻想者，所以我不能向你披露我的真實身分。慢慢發覺你是誰、聽到你說出我早已知道的過往故事、聽你談論你的「卡珊卓拉」、迴避你對於我過往的問題，何其令人挫敗。

我再次愛上了你，卻被你傷透了心。

我提出質疑，還送出了正式要求，我請他們給予我特別許可，讓你知道我是誰。

我一共送出了三次要求。我熬夜填寫冗長表格，想要解釋這一切有多麼不合理。將軍把回覆放在白色小信封裡交給我，而我也只有在那幾次看到他表露情感。

他是這麼說的，「很遺憾。」

當然，他們不批准。就官方說法，我是你所想像出來的，但你並不是我想像出來的，就這樣了。

但我也嘗試了其他方式。我真心以為行得通。我們曾經心有靈犀，你愛過我，還是可以再次愛上我，對不對？

畢竟，我們曾經建立過這樣的關係，彼此信任，應該可以重演才是，這再自然也不過了。

結果並不是，我到現在才明白。當我任由你想像我的時候，我偷走了部分的你，也偷走了部分的自我，還有在真實世界在一起的所有可能。你已經不再找我了，甚至也不願尋愛。你只是堅持回憶，建立空中城堡，而裡面是那個再也不存在的我。

真的，要是我哪天鼓起勇氣說出「我是卡珊卓拉」——我不能這麼做，但先這麼假設好了——這樣一來，會改變你對我的感覺嗎？如果有的話，那不就表示這種感覺不過就是基於對我過往記憶的自我說服？

不過你曾經愛過我——我，我，我。為什麼我再也不夠好了？是因為我並非出於你的想像嗎？為什麼你變成了一個想要「更多」，而不是「剛剛好」的人？你怎麼就像是我所逃離的那一切？就因為我是真的？因為我一直在你身邊，並非只在適當時刻滴落在你的生活之中？

怎麼會變成這樣？

一個和我一樣的幻想朋友，了解一直充當別人的空虛與誘惑，你曾是我用以逃離的出口。

然後，當我變成真的，你就不想要我了？

我該作何感想？

我就說出我的感受吧。一切都是謊言，今天也是，其實就像是過往一樣，我這樣的人，不配有人愛我。

昨天晚上，我明瞭了一切，終於。

你不在這裡，你並沒有和我在一起。

你愛上的是一個幻想的女子，你絕對不會因為某個真實存在的人而放棄她，即便她們是同一人也一樣。

在此之前，我幾乎每個晚上都夢到你。

我會發現自己僵立在某個陌生之地，感覺到你站在我背後，就在某個沙漠中央或是雲團之上，又或是進入了某條長長的隧道，待在成千上萬的不同地方。我一直感覺你站在我後方，而且我知道這是真的。每一次，我都會緩緩面向你，姿態無比艱難，彷彿有一群奔馬往反方向拉著我，然後我終於發現你還站在那，但卻背對著我。

當我想要呼喚你的時候，你一定會消失不見。

夢境就是如此，而要是我們誠實以對，真實生活中亦然。

昨晚，我沒夢見你，我放開了你。

我往前走，準備進入下一個角色，無論未來會如何。
我希望你能在回憶與想像中過得幸福，也衷心期盼有一天某人能夠打破你加諸己身的魔咒。
為了你。

對你一如往昔，
你的，
永遠的，
但也許無以為繼的，
愛蜜莉

29

艾瑞克坐在蓋伊的床邊。

他不需要等太久，他不知道蓋伊會為自己選擇哪一種過渡站。火車站？還是公車站？他聽說有些人會以電影院當成過渡站，想要準確預測真的很難。

床邊的那台儀器正在監測蓋伊的心跳，艾瑞克看得專注，緊盯著小螢幕上的那條顫抖線條，開始默默倒數最後心跳。

很棒的儀器，幾乎充滿了詩意。陳述單一事實的一條線：沒有起伏，沒有生命。

原來，四周有儀器，讓人覺得自在多了。當初在處理愛蜜莉的時候，就很難確定她的心跳到底是什麼時候停止。不過，這裡的輕柔嗶嗶聲卻為他分擔了一半的工作。可憐的愛蜜莉，當她看到他出現在門口的時候一定嚇死了，過沒多久之後她就倒地，他立刻撲過去、把手伸向她的心臟。

「醫生還不知道你馬上就要死了，」他對蓋伊低語，「他沒有發現你的內傷，連續三十六小時沒睡覺看診，就是會出這種狀況。」

蓋伊動也不動。

「你知道嗎，我總是驚訝地發現這一切有多麼簡單，」艾瑞克說道，「純粹就是打算要投入多少時間、有多少耐心的問題而已。大家老是把因果看成了會立即實現的現象。你只要跳出來，在更長遠的時間軸上看待一切，這樣理解就容易多了。」

儀器持續發出嗶嗶聲，似乎在表示贊同。

「認識你很棒，」艾瑞克說道，「你要知道，要是你願意的話，你是個十分風趣的人。」

他沉默了一會兒，陷入沉思。

他又重複了一次，「要是你願意的話。」

他稍微前傾身體，坐姿變得更舒服自在，他的手肘壓住大腿，指尖緊抵在一起。

「當你發現真相，如果真有那麼一天的話，希望你不要生氣。」他側頭，思索了一會兒。「老實說，我是很懷疑有這可能。但如果能讓你息怒的話，我要讓你知道我真的很喜歡你，你是我喜歡的類型之一。我喜歡那些缺乏自信卻毫不自知的人。就某種程度來說，那就像是不知道自己長得漂亮的美女一樣。你對自己認識不足的盲點，讓你變得更可愛了。」

過沒多久之後，他就得要在正確的時間點、把手伸過去。

「我告訴那護士，我是你哥哥，」他說道，「希望你別介意。我不知道她為什麼會相信我的話，畢竟我們長得一點都不像。原來大家看待別人的時候，只看得見自己期盼的那一個部分。只要擺出一張憂心忡忡的臉龐，他們就確定你一定是家屬，就算長得不像也不成問題。」

「但話說回來，我也為了你而大幅改變外貌。畢竟你也知道我有多麼痛恨鬍鬚。癢死了，而且毀了顏值。我一直覺得之所以有人會發明鬍鬚，是因為他沒鏡子而忘記刮鬍子。不過，當你為自己選擇皮耶這種名字的時候，留一小撮鬍鬚幾乎是某種應盡的義務了，對不對？」

蓋伊沒回應。

「老弟，一路好走，」艾瑞克溫柔說道，「畢竟你選擇了遠行。」

螢幕出現了蓋伊的最後心跳，艾瑞克把手伸了過去。

❖

就在那個地方，距離那裡無限遙遠的某處，蓋伊摺好那封信，整個人頹然坐在那裡，手臂垂落身體前方。

他抬頭，再次發現機場空無一人。只有大廳另一頭的禿頭地勤坐在那裡，一臉好奇盯著他。

他低頭，看到那個正在等他的小行李箱，那東西睜著充滿期盼的大眼，凝望著他。

要是他當初讀信的時候還有任何元氣，現在也已經全沒了，都去死吧。

他緩緩起身，一手拿著信封與摺疊的信紙，另一手拿著行李箱。他走向報到處，地勤的雙眼依然緊盯他不放。

他曾經迅速走過的那一小段路，現在似乎卻宛若沒有盡頭一樣。他步履緩慢，他也不在乎了。最後，他到達那裡，放下行李箱。

他語氣平淡，「麻煩給我一張機票。」

那地勤彷彿從深眠狀態甦醒過來，「好啊，沒問題。」他低頭看著面前的螢幕，開始迅速打字，滿心期盼問道，「你有沒有仔細想一想我剛才的問題？」

蓋伊問道，「抱歉？」

「嘴裡的味道，」地勤依然在打字，「六個字母。」

蓋伊回他，「我不知道，對不起。」

「沒關係。」

他繼續以飛快速度打字。

蓋伊想了一會兒，「苦味（Bitter）。」

地勤一臉狐疑看著他，但隨後挑眉，滿是喜悅。「答對了！答對了！這就能夠與第十二列的『B』兜在一起，」他說道，「厲害！」

蓋伊酸回，「很榮幸能幫上忙。」

那地勤沒有多加理會，「請把行李放在這裡，輸送帶上面。」

蓋伊乖乖照做。

地勤又補了一句，「還有那封信。」

蓋伊回他，「我……我想留在身邊，如果可以的話。」

地勤表情悲傷，搖搖頭。「很遺憾，不可以。」

「這是我……」

「你不可以帶走前世記憶，」地勤說道，「這是第二條規定。第一條規定是不可在公共場所尿尿，第二條是不可帶走前世記憶。」

蓋伊盯著他，好洩氣。

「嗯，看來我不是講笑話的高手，」地勤說道，「抱歉。」他指了一下那個行李箱，「放到裡面吧。」

蓋伊打開行李箱，最後一次端詳裡面的一切。

現在有某些記憶靠得比較近了。卡珊卓拉的記憶與愛蜜莉的記憶擠在一起，宛若重新找到彼此的遠親……

蓋伊說道，「有些東西我得檢查一下。」

他開始在那團冒出的記憶裡翻動，終於找到了自己在找的東西。他在行李箱前慢慢挺直身體，拿出兩段記憶，一手一個。卡珊卓拉的大笑，還有愛蜜莉的笑聲。

他把它們湊向光源，仔細檢視，一手一個，然後，那兩段笑發出了聲音，閃閃發亮，在他手中旋轉，光線穿透了它們，落在他的臉龐，完全一模一樣。怎麼？怎麼先前沒有注意到？怎麼可能？

他把它們放回行李箱，它們又緊緊靠在一起，擁抱，發出了咯咯笑。

他不發一語，望著手中的信封好一會兒。然後，他望向地勤，對方再次示意，該把那封信放進去了。

他彎身，把信封放入行李箱，蓋住了好幾段愛蜜莉與卡珊卓拉的記憶，然後，闔上蓋子，再次鎖好。

「其實沒那麼難吧？」地勤微笑，將機票交給他。

輸送帶開始移動，行李箱變得越來越遠，終於消失在航廈後方的小入口處。

「所以，」蓋伊平靜問道，「我的巧合製造師生涯結束了，準備開始過人生。」

地勤心不在焉地打著鍵盤，「嗯，好，但也不能這麼說。」

蓋伊問道，「抱歉？」

「也許並不是每一個巧合製造師都是人類，但每一個人類都是巧合製造師。」地勤說道，「你在上課的時候沒有學過嗎？」

蓋伊微笑，「顯然我們學到的東西並不多。」

「哇，微笑！」地勤興高采烈，「我還以為永遠看不到呢！」他也對蓋伊回笑，「你在一號登機門，」他指了一下，「祝你一路順風。」

「謝謝。」

他轉身往前走，臉上依然掛著微笑，但並非是地勤所想的那個原因。

他的行李箱會在路途的某處消失不見，裡面包含了先前的一切，還有一個上頭寫有他名字的長型白色信封。

不過，那封信——那封信卻塞在他的襯衫裡面，緊貼他的胸膛。

「這有點類似魔術師，讓大家盯著某個方向，但是卻在其他地方動手腳。」

當他彎身，把信封放進去的時候——特地在地勤面前晃了一下——他也趁機把那一疊摺好的信塞入衣內。這很可能是在他模模糊糊的一生當中，最靈敏、流暢又最有決斷力的舉動，他覺得其他的一切都只是為了這一刻所做的準備。當他再次起身，望著那地勤的時候，他知道自己已經成功了，對方並沒有注意到他的動作。

就這樣，他讓愛蜜莉的信貼著身軀，嘴唇掛著他自己還沒有參透的淺笑，他挺直背脊，手裡拿著機票，進入了一號登機門。因為自己前生的最後一次小小叛逆行為而興奮不已。

「要是有一天你走在街上，某台巨大的白色鋼琴從天而降砸到了你，你失去了記憶，但還有一件事非常重要，一定要謹記在心。」將軍曾經說過，「你可以忘記自己的名字、太陽系的行星名稱，還有人造奶油的成分，但這一點一定要記得，世界上有兩種人：一種在每一次抉擇中都看到獲取利益的機會，另一種在每一次抉擇中都看到必須做出的退讓。」

「人類很自由，但他們卻總是忘了這一點。人類的希望有各種樣貌，人類的恐懼也有各種樣貌。有些人會警惕自己，要是選擇了甲，那麼乙就會發生，也有人會這樣自我解釋，為什麼乙是捨棄甲的充分理由。看起來似乎是同一件事，同一個決定，但查核各種可能性與想像阻礙之間，總是有所差異。勇氣真的很重要，人類並不明瞭勇氣的元素是什麼，每一個抉擇都蘊含了某種程度的放棄，而之所以能夠成就那種犧牲的勇氣，取決於你對於某件事的想望到底有多麼殷切。因為，你畢竟沒有辦法永遠做出正確選擇，你偶爾會出包，而且頻率不只是偶爾而已。」

「其間的差異其實很簡單：快樂的人從生活中看到一連串的選擇，而悲慘的人卻只看到一連串的犧牲。當你在製造巧合，進行每一次的行動之前——必須要確定自己面對的到底是哪一種人——希望型或是恐懼型，貌似相同，其實不然。」

❖

艾瑞克離開醫院，步伐平穩地走在街上。

樓上，有某名醫生宣布蓋伊死亡。

艾瑞克已經拿到自己需要的東西。

在他的口袋裡，有個溫暖閃動的東西，那是蓋伊最後的心跳。他覺得自己過馬路之前，還有時間喝一杯咖啡。

也許還可以來塊蛋糕。

他決定待會兒就這麼辦。

這樣算是有點隨興吧？

30

每一個開端之前，都另有一個開端。
這是第一條守則。
也就是說，這條守則之前還有另一條守則，當然。不過，這是另一個故事了。

生命從何開始？
寶寶的頭剛冒出世界的那一刻？又或是全身出來才算？
或者，更晚一些，當他牙牙學語說出第一個字，自認自己已經成而為人？
也許，是更早之前吧，當精子與卵子相遇結合的那一刻？
每一個開端之前，都另有一個開端。生命是一段連續的過程，而不是某一特定事件。
不過，在這樣的脈絡之中，有個關鍵點上會出現一點小問題。
第一次心跳。
有一就有二，有二就有三，但第一次心跳是從何而來？
醫生說，大約是在第五個禮拜的時候，對於如何形成的過程，有各式各樣的解釋，但對於心跳本身的原理，這些解釋其實並沒有太大差別。還是需要有個什麼來啟動心跳。
所以，根據第一條守則之前的規範，有另外一種人在這世界上飄遊。他們不像是幻想朋友一樣透明，但也不像是巧合製造師一樣存在於世。他們可以被看見，也無法被看見；他們存在，也不存在；他們虛幻與真實的程度不相上下，而他們就存在於你我之間。

有時候他們會站在某名孕婦旁邊，偷偷摸摸伸手，然後，等到時機成熟的那一刻，以兩根手指夾著那小小的新心，稍微捏一下，大功告成。

他們是發動者。

低調、神秘、非常溫柔（全世界像五週胚胎的心臟那麼脆弱的東西並不多見），要是他們決定要當巧合製造師的話，通常都會成為佼佼者。

艾瑞克站在斑馬線上，紅燈持續了五秒鐘後，轉為綠燈與通行時間，兩側人潮開始蜂擁川流。

一定要迅速，所以要全神貫注。

那個綠眼女子來了，艾瑞克也走向前。

他緩緩專注前行，而她從他的對面走過來，身姿挺直，陷入沉思之中。

好，他們越來越靠近。

現在我們要讓世界的運行速度稍微變慢一點。注意看。

艾瑞克把手伸入口袋，拿出蓋伊的最後一次心跳。

好，他們越來越近。

現在兩人幾乎緊靠彼此。

現在，他把手伸向旁邊，在連鳥兒都不會被驚動的狀況下，他把心跳塞入位於綠眼女子體內、那一顆正在等待的小小心臟。不需要擠壓，那最後一次的心跳一氣呵成插了進去，成了第一次的心跳。

接下來，兩人的距離越來越遠。

艾瑞克自顧自微笑，他心想，這比愛蜜莉的最後一次簡單多了。他也早已把它植入某顆等待啟動的小心臟。超容易，就像是騎腳踏車一樣，學會了就不會忘記。

他心想，一日為發動者，終身為發動者。

街道的另外一頭，生命正準備啟程。

摘錄自《巧合簡介》——第一部

注意時間軸線。

當然，這只是假象，時間是一種空間，而不是軸線。

不過，為了我們的目的，那還是注意一下時間軸線吧。

睜大眼睛仔細研究，找出的每一個兼具因果的事件，想辦法確定起點。

當然，你沒有辦法。

所有的當下都有曾經。

這很可能是一大問題——雖然不是最明顯的那一個——但卻是身為巧合製造師會遇到的主要問題。

所以，在研讀理論、實作、公式，以及統計數據之前，在你開始製造巧合之前，讓我們先從最簡單的練習開始。

再次注意時間軸線。

找到正確的那一點，伸出手指頭點下去，直接決定就是了：「這就是起點。」

1

這個一度自稱為艾瑞克、許久之前早已不再自稱為皮耶的男子，坐在咖啡店裡，以刻意悠緩的姿態啜飲咖啡，三個小時之後，他在筆記本裡畫下一個小勾。

現在，與之前一樣，時間點就是一切，不過，他還有一點時間，所以其實可以讓這些事件自然而然發生，這就是精準謀劃的威力。他已經特意餵了鴿子，塞住下水道，甚至昨天還在統計學老師的盤子裡放了條發爛臭魚，只是為了以防萬一。

他的頎長身軀微微後傾，離開了桌面，手指輕輕扣住小小的咖啡杯，在腦中回顧這一連串事件。他的眼角盯著懸掛在收銀台那裡的大鐘的分針，一如往常，在付諸行動的最後時刻，他喜歡在心中仔細檢視事件全貌，確認沒有任何疏漏。

「我本來以為應該更簡單才是。」當初鮑爾姆與他一起待在這間咖啡店，就坐在這裡的時候，他說出了這句話。

「我早就告訴過你了，」鮑爾姆當時這麼對他說，「有五名巧合製造師無法完成任務而選擇退回，一定有其原因。目標不只是讓他們相遇，而是要製造這樣的契機，讓他們的關係可以繼續下去。」

他們坐在一起喝啤酒。當時他還是鮑爾姆的私人助理。能夠在被封為有史以來最厲害的巧合製造師身邊工作多年，也有助他在終於開始獨自行動之後，能夠以更犀利的方式看透世事。但這項任務相當複雜，就連分際也難以掌握。

「有關幻想朋友這方面規範非常嚴格，」鮑爾姆告訴他，「打從一開始的時候，我就不懂你為什麼要接下這個任務。大家都知道不能在牽涉幻想朋友的狀況下安排巧合，一定會把事情搞得很複雜。」

他回道，「我以為只要讓其中一人繼續當某人的幻想朋友就不成問題。」

「沒錯，」鮑爾姆回他，「但就那一點來說，他們其中一人還是得幻想對方，這並不算是『讓他們在一起』。戀愛的第一條守則，就是雙方的任何一方不能僅存在於幻想之中。」

「我明白，」他還記得自己的沉重嘆息，「我得要讓他們退出才可以。」

「身為幻想朋友，不可能退出，」鮑爾姆冷冷說道，「他們必須被炒魷魚，或者有正式的轉職需求。而且兩人必須要同時發生，不然到了下一個階段，就會出現巨大的年齡差異。就算你讓他們被炒魷魚好了，又怎麼知道他們接下來會被轉派到哪一個職位？算了吧，直接退回任務就是了。」

「但我已經開始行動了。」

「那就送出追溯過往的取消表格。」

「我不會退回任務，」他說道，「只要我起了頭，一定會完成。」

鮑爾姆搖頭，「隨便你吧，我很尊重原則。」

「所以我該怎麼辦？」

鮑爾姆思索了一會兒，「好問題，」他又喝了一小口的水，「老實說，我不知道。」

當鮑爾姆說出這句話的那一刻，艾瑞克很清楚，他得要自己想辦法。

他必須解決連鮑爾姆也束手無策的難題。他一定會——而且是必須——找出解決方案。

這不能只發生在幻想世界，必須真實又自然，而且不能違規。呃——他真的無法忍受第三項規則。

他致電鮑爾姆，開口求援，「我需要你幫個忙。」

想也知道鮑爾姆的回應，「我知道。」

「我得要辦一場巧合製造師的課程，我們要申請移轉我的兩名主角。」

「好，沒問題。」

「這個課程規模很小，只有三個人。」

「我說過了我知道。」

「當別人對你說出你早就猜到的內容，你一定很開心吧？」

「開心得不得了。」

好，現在他準備要目睹某一巧合交響曲的最後和聲階段。

或者，應該說新樂章的開端——就看你是採取哪一種觀點了。

他起身，向服務生示意他留了小費、折好壓在空咖啡杯下面。他進入驕陽之下，深吸一口氣，現在該去公園了。

1

當她走出大門的那一刻，她覺得今天應該可以過得很開心。也許是因為陽光傾瀉在人行道的姿態，也許是因為一樓新鄰居陽台傳出的新奇香味，又或許是她的班表再次取消，她擁有至少一整天的自主時光。反正，今天一定是個好日子。

某坨白色、半液體狀的不明噁心物落在她的右肩，她抬頭，正好看到某隻動作迅速的鴿子帶著牠剛剛排空的腸胃一閃而過。她不發一語，回家換衣服。

當她再次出門的時候，已經換穿了一件紅底白條紋洋裝，她決定美好的一天將要從「這一刻」正式展開。

店員對她說道，「妳的書還沒到。」

他是一個滿臉痘痘的冷漠年輕人，只顧著玩手機遊戲，而他四周的世界寶藏正耐心等他出現空檔，考慮開始展讀。

「你知道什麼時候會到嗎？」她問道，「因為這些折價劵明天就失效了。」

「明天不會來啦，」他回道，「妳還是找別的書吧，角落那裡有些我還沒有整理的新書。」

他的下巴朝小書店角落點了一下，然後又立刻專注盯著手機，這才是他的優先重點。

這種事也不是第一次了，她早就準備了備案。

要是現在有旁觀者，就會看到某個像在作白日夢的學生，自顧自哼唱某首陌生曲調瀏覽著書架。她認為呢，這只是個簡單的樂透遊戲，在這首歌結束的那一刻、眼睛看到哪一本書，那就是它了。

她走到店員面前，放下命運為她所選擇的那本書。

她從來沒有聽過這個詩人，她大多數看的都是散文，不過，要是你每天都走同樣的路徑，永遠不會發現新的地方。

在回去公寓的路途中，她差點掉入了某個人孔洞。當然，這就是美好日子會發生的事——馬路中央的下水道是打開的。

她原本盯著打開的書，趕緊抬起目光，戴著黃色頭盔的工人衝到她面前，擋下了她。

「施工中……危險。」他氣喘吁吁，「要繞路。」他指向公園。

她問道，「你為什麼不放個圍欄什麼的？」

那工人聳肩，他似乎不太會講英文。「危險，」他說道，「妳要繞路。」

詩集中的某一段落讓她為之一凜。她幾乎是不假思索，坐在公園的某張小型長椅，面對湖面，上頭有大樹遮蔭。她在閱讀，感受到紙頁間散發的興味正滲入她的體內。這些文字似乎充滿童趣又幽微，逼她得暫時停止對世界的探問，只讓自己好好體驗這沉默的驚奇。

她抬頭，不再盯著書，閉眼，又感受到微風帶來那般好日子的氣息。上方的樹梢發出沙沙微聲，她睜眼，讓世界映入眼簾。

公園的綠意，水面粼光，另一頭湖岸的年輕人在空中拋著不同顏色的球。

今天會是個好日子。

1

清晨的這個時分，公園裡空空蕩蕩。

偶爾，當他再也無法忍受坐在教室裡面、再也耐不住那滔滔不絕的模糊話語的時候，他就會來這裡。不客氣說一句，「學生」這樣的人類靈魂不該被關在教室裡這麼久。他需要一點空間。

所以他偶爾會蹺課來這裡——多半是統計學之類的課程——在湖邊小跑，凝望冒出的嫩草或是盯著總是在一旁工作的園丁，而對方則會以被逗樂的神情回望他。

他會在這裡沉思生命課題，練習拋球。今天，他一聽到講師生病的消息就跑了出來。

園丁今天也在，在公園的另一頭，某個小丘，跪在迷你玫瑰花壇裡。距離他的不遠處，坐了一個長腿男，他若有所思，腿上放了一本攤開的書。

他開始玩四顆球。

學這個非常簡單。他每次都會提醒自己，主要規則就是千萬不要看自己的雙手，而是必須緊盯空中的那些球，努力不要去想自己該如何接球。

說也奇怪，他其實一直不太需要練習拋球。幾乎是打從一開始的時候就動作自然流暢。

他站在公園中央湖的旁邊，開始把球拋向空中，想要找出穩定的節奏，這樣一來就可以讓他繼續玩球，內心可以飄遊他方。

當他看到她在湖面的另一頭望著他的時候，奇妙的事發生了。

他的雙手不知不覺停了下來，任由那些球落在周邊，而她的神情（也許是好奇，也可能是覺得有趣）直透他的靈魂深處。

她坐在那裡，雙手擱在某本書上面，紅白相間的洋裝與一頭紅髮，隨著微風的律動飄舞。

他早已習慣了一直有女人圍繞他身邊。他對她們放電，吸引她們的目光，或是想要以自己的風趣逗她們開心，但是卻沒有任何一個人——怎麼說呢——能讓他真正放在心上。這像是某種遊戲，他也不明白為什麼，但似乎總是有人在對他低語：時候未到。

不過，這時候卻出現了這個在湖岸另一頭的年輕女子，他覺得心口附近有東西開始燃燒。都是因為她的眼眸，宛若一團微小卻熾烈的火焰，宛若另一個心跳，宛若剛剛被喚醒的一封老情書，一行接著一行，在皮膚底下燃燒。

她的雙手圍在嘴邊，對他大叫，「你為什麼要停下來？真的很美。」

他努力恢復鎮定，立刻拿起了那些球。

他也對她大叫，「妳在看什麼書？」

她揚起書，讓他看到封面。「書名是《人性主義》，」她大叫，「作者名叫艾迪．列維。」

他回吼，「裡面寫什麼？」

「嗯，都是詩……我才剛開始看而已……我剛都在看你，還沒來得及好好看書。」

「等等！」他大吼，然後開始繞著湖畔走過去。

❖

位於某處的小皮箱之中，好幾段記憶翻來覆去，宛若在睡夢中翻身的小孩一樣。

他永遠不會記得這個，但當時找到那隻蝴蝶並不容易。

他覺得自己在森林裡四處飛奔，花了一個月在叢林裡亂晃，就只是為了要找到正確品種的原鄉，實在有點白痴。他被蚊子咬得亂七八糟，差點被豹吃掉，花了三天與某隻蝴蝶展開費力的磋商過程。

但他還是在完成這項測驗之後，得到了這堂課的畢業榮譽獎，他一直不明白為什麼這項任務有其必要，在特定的某一秒、拍一下翅膀的簡單動作——這樣做到底有什麼好處？

對於微小舉動與巨大效果的理論基礎，他十分熟悉，不過，我們得老實說：蝴蝶的翅膀不會產生世界和平或是科技革命。微微的風動，最多，只是造成許多次風動而已，最多就是這樣，不是嗎？

就算這蝴蝶再怎麼天賦異稟，也不可能會發生其他的事……

❖

當他終於跑到她面前的時候，一陣怪風吹亂了她的髮，讓他覺得這應該是他有生以來看過最美麗的畫面。

她坐著等他，雙手依然擱在那本書上頭，而那同一陣風也帶來了一股熟悉的氣味、進入她的鼻腔，讓她忍不住挑高雙眉，一臉驚奇。

此時此刻有太多字詞在他腦中閃過。貼近他心房的那封信，在他的體內發出了光熱。

「嗨！」這個再也不是蓋伊的人開口打招呼。

這個再也不是愛蜜莉的她回道，「嗨！」

對面湖岸的高眺男子以果斷姿態在筆記本裡畫下一個小勾。

小丘上的園丁以手指撫摸纖細的花瓣。

四個人都綻露微笑，每一個人的原因都稍有不同。

國家圖書館出版品預行編目(CIP)資料

巧合製造師 / 約夫.布盧姆作 ; 吳宗璘譯. -- 初版. -- 臺北市 : 春天出版國際文化有限公司, 2021.08 面 ; 公分. -- (D小說 ; 36)
譯自 : The Coincidence Makers
ISBN 978-957-741-360-4(平裝)

864.357 110009624

D小說 36

巧合製造師

The Coincidence Makers

作者	約夫・布盧姆
譯者	吳宗璘
總編輯	莊宜勳
主編	鍾靈
出版者	春天出版國際文化有限公司
地址	台北市大安區忠孝東路四段303號4樓之1
電話	02-7733-4070
傳眞	02-7733-4069
E－mail	frank.spring@msa.hinet.net
網址	http://www.bookspring.com.tw
部落格	http://blog.pixnet.net/bookspring
郵政帳號	19705538
戶名	春天出版國際文化有限公司
法律顧問	蕭顯忠律師事務所
出版日期	二〇二一年八月初版
定價	340元

總經銷	楨德圖書事業有限公司
地址	新北市新店區中興路二段196號8樓
電話	02-8919-3186
傳眞	02-8914-5524
香港總代理	一代匯集
地址	九龍旺角塘尾道64號 龍駒企業大廈10 B&D室
電話	852-2783-8102
傳眞	852-2396-0050

ISBN 978-957-741-360-4 Printed in Taiwan